臨　場

よこやまひでお
横山秀夫

目次

紅色名片

1

女人白皙的脖子上有一條繩索，她全身無力，不省人事。只要摟住她腰部的男人稍微鬆手，她就會從腳下的多功能收納櫃往下癱倒。

女人睡得很沉，但可能感覺到脖子周圍不舒服，微微皺起眉頭，鼻子發出痛苦的呻吟。這個聲音變成信號，男人的手鬆開女人的身體，腳尖踹向收納櫃。

女人的身體倒下。不，下一剎那，女人的身體停在半空中。女人驚醒過來，眼球突出，牙齒和牙齦完全曝露在外，扭起的舌頭好像是另一個生命體般用力伸出蠕動著，然後不知道胸膛深處還是腹底深處發出一聲好像蛙鳴般的叫聲。

掛在健身器材握棒上的晾衣繩，深深陷進女人尖尖的下顎下方，她擦了指甲油的腳尖在離地十五公分的位置帶著弧度擺動，擺動之間，繩索的繩結發出嘰嘰的擠壓聲，響徹整個房間。

女人的鼻孔流出帶有血絲的鼻水，流向上唇。女人很快開始痙攣。下腹部收縮，就像洋裝滲出的顏色般的淡黃色液體，順著大腿流下，然後避開膝蓋的位置，流向小腿肚，在木頭地板上形成一灘積水，發出臭味。

男人厭惡地注視著，然後將視線移向牆上的時鐘。深夜零點十五分。

女人的脖子已經摸不到脈搏。

男人轉身穿越房間，戴著手套的指尖按下牆上的開關，房間墜入深沉的黑暗中。

男人摸索著打開拉門，來到走廊上。他回頭看女人一眼，然後面無表情地關上門，走向玄關。

2

L縣警總部大樓五樓。中午過後，刑事部搜查第一課的四十四號警用電話響起鈴聲。

「驗屍官辦公室，你好。」

一之瀨和之把電話夾在肩上，伸手把受理登記簿和筆拿過來，來不及吞下去的蕎麥麵還留在嘴裡。

電話是劍崎中央警局刑警課打來的。

某棟公寓發現年輕女性縊死的屍體，雖然研判是上吊自殺，但因為發現者逕自將屍體放下，為了謹慎起見，因此請求驗屍官臨場確認。

這次的臨場請求很不乾不脆。一之瀨不難猜到轄區警局幹部內心的盤算——以防萬一，還是請驗屍官來一趟吧。

「好，會派人前往，請把詳細地址傳真過來。」

一之瀨說完，掛上電話，把剩下的蕎麥麵一口氣扒進嘴裡，然後走向後方的傳真室。他今年四十一歲，目前是警部，擔任負責相驗屍體的調查官輔佐整整兩年。雖然還在見習期間，但幾乎確定是自殺的案子不需要驚動上司親自出馬驗屍。

——順利的話，來回只要三個小時就可以搞定。

今天是太太的生日。雖然太太並不期待自己為她慶生，但準時下班回家，給她一個驚喜也不壞。不，回來還要寫報告，恐怕很難準時下班，但應該能夠設法在太太把留給他的蛋糕放進冰箱之前回到家。他推開傳真室的門時想著這些事，因此當他發現叼著牙籤的瘦臉突然映入眼簾時，整個人愣在那裡。

倉石義男，今年五十二歲。他是搜查一課的調查官，外號叫「終身驗屍官」，身材瘦得像根竹竿，一之瀨剛才看到他晃出去吃午餐的背影，完全沒發現他已經回來了。

「臨場嗎？」

倉石用牙籤剔著臼齒，用下巴比比亮起接收燈的傳真機。

「對，是劍崎轄區。」

「很複雜嗎？」

「不，據說是上吊自殺。」

「死者呢？」

「聽說是年輕女性。」

「我去吧。」

「啊？」

「我需要保養一下眼睛，這一陣子都看了太多老頭子和老太婆。」

倉石說完，吐掉嘴裡的牙籤。

如果整天大驚小怪，就無法在倉石的手下做事。倉石從當巡查開始，就一直從事鑑識工作，他的敏銳洞察力已經成為警界傳奇。驗屍可以說是鑑識工作的總決算，他面對屍體時的鑑識能力在歷任驗屍官中出類拔萃。雖然他無法通融的匠人魂和談吐很像黑道兄弟，導致他曾經有一段時間仕途不順，但在漫長的警界人生中，那只是短暫的不得志。升上警視至今已經七年，如今在搜查一課內，命案第一波偵查關鍵人物的驗屍官寶座非他莫屬，據說負責司法解剖的L醫大教授都很中意他。那些學者已經習慣對他們唯唯諾諾，擺出低姿態的警察，倉石這種就像是咬破警察組織的子宮冒出來的壞胚子，反而讓他們感到新鮮。

倉石在刑事部內也有不少信徒。靠著倉石提供的「伴手禮」，也就是刑案現場的鑑識結果，順利將凶手逮捕歸案，進而獲得獎賞的刑警不計其數。在相驗屍體現場，有不少鑑識課員曾經聽了倉石的相驗結果而恍然大悟、茅塞頓開，這些人都接連成為他的徒弟，他們擅自拜倉石為師。有不少熱心好學的年輕警員在記者夜訪的空檔，前往倉石的官舍登門求教。倉石就會把這些刑警、鑑識課員和記者一起請入家中，請大家喝酒、打麻將，有時候甚至會帶他們一起去酒店飲酒作樂、高談闊論。雖然曾經因為和酒店小姐關係匪淺，差點引發流血事件，但他向來有辦法把這些狗屁倒灶的事，混著琥珀色的液體一起吞下肚。「好好把握可以男歡女愛的黃金時期，等到嗝屁了，就只能躺在不鏽鋼平台上，像青蛙一樣任人解剖。」

一之瀨也是倉石的徒弟，之前曾經有一段時間頻頻造訪倉石的官舍，在跟隨他的這兩年期間，記錄下來的相驗重點已經有二十本大學筆記本。但是他認為自己無論再怎麼努力，也無法像倉石那麼出色，老實說，他可不想成為倉石，不願意成為『終身驗屍官』。目前的「輔佐」職位是為數不多的肥缺，保證日後可以升任警視，有朝一日，自己將會成為刑事部的領導者，指揮所有的偵查工作。屆時是對領導能力的重大考驗，目前在相驗屍體方面所累積的知識，有助於讓他日後的發言更有分量，更有說服力。

隨著嘎答嘎答的聲音，傳真機吐出傳真紙。倉石已經穿好上衣，正在檢查裝了相驗用具的公事包。一之瀨覺得倉石是天生愛屍體的人。

——既然這樣，那你就去相驗吧。

一之瀨覺得這樣也好。雖然不知道太太想法如何，但他準時下班回家，孩子一定很高興。

「傳過來了嗎？」

傳真上出現死者的地址時，倉石催促地問。

「等一下——」

一之瀨說到一半，忍不住凝視著傳真紙。

咦？

劍崎市溝木町三丁目三十二番地「高山公寓」一〇三室。

嘎答嘎答嘎答……

他還來不及暗自祈禱，地址下方就出現死者的名字。

相澤由佳莉，二十七歲。

一之瀨臉色發白。

地址、姓名、年齡都完全符合。既然這樣，代表就是她。就是這麼一回事。

由佳莉死了。

既然在故鄉當警察，就無法避免在承辦的事件和事故中遇到認識的人。交通事故、超速、違反選罷法……在擔任驗屍官之後，也曾經遇過熟人。他曾經相驗過高中學長喝農藥自殺的屍體。但是——

〈呵呵，既然這樣，我就不能在莫名其妙的地方離奇死亡了。我可不想一絲不

掛，渾身上下都被你檢查。〉

一年前，由佳莉笑著這麼說。當時她躺在「高山公寓」一〇三室的床上，在一之瀨的愛撫下扭腰擺臀。

「怎麼了？」

「……」

「喂，阿一。」

「……喔，是。不好意思。」

倉石從一旁搶過傳真紙，斜眼看著一之瀨。

「你認識的人嗎？」

「不是。」

一之瀨脫口而出的話，讓他看到了自己的內心。他並不是在為由佳莉的死哀悼，而是感到害怕。

〈話說回來，那些自殺的人真的有夠笨。〉

〈為什麼？〉

〈一旦死了，不是就沒辦法做這麼舒服的事了嗎？對不對？你說對不對嘛？你快回答我嘛，是不是很爽？〉

由佳莉是不是遭人殺害？

由佳莉個性自由奔放，不受拘束，難以想像她會上吊自殺。

是偽裝成自殺的他殺？果真如此的話，倉石一定能夠識破。到時候會成立搜查總部，至少一百名刑警會同時展開偵查工作。這些刑警同事會在偵查過程中，讓一之瀨的名字浮上檯面。他並不是凶手。但是，如果懷疑他殺害外遇對象，會有什麼結果？到時候工作不保，妻離子散，搞不好人生真的從此走向毀滅。

一之瀨的腿開始發抖，他用拳頭敲了腿兩三下，衝出傳真室。他穿越搜查一課的辦公室，在走廊上追上倉石。

「調查官——我也去，可以作為日後參考。」

3

心跳持續加速。

一之瀨握著方向盤，每次遇到紅燈，就從後視鏡觀察後方。雖然已經養成隨時觀察是否有記者跟蹤的習慣，但今天的情況不一樣。他悄悄觀察坐在後車座的倉石。倉石抱著雙臂，正在後車座閉目養神。倉石去相驗屍體之前向來都不多說廢話，但是他的心裡在想什麼？是否認為一之瀨的慌亂和相澤由佳莉的死有關？

路上沒什麼車子，不需要打開警示燈，就在國道上一路暢行，在和縣道的交叉路口轉彎，駛向劍崎市。接下來要去由佳莉的公寓。

〈哇，我超喜歡警察。〉

一年半前，一之瀨在L縣警醫協會的尾牙上認識了由佳莉。由於受邀參加尾牙的倉石無法從位在山區的命案現場趕回來，於是由一之瀨代為出席。當時有一群身穿鮮紅色迷你裙的公關小姐，由佳莉在這些公關小姐中鶴立雞群。她五官清秀，一頭短髮很適合她，身材像模特兒般修長，在宴會上走來走去時，成為男人目光的焦點。雖然她聊天的內容很幼稚，但不知道她是否散發出α波，一之瀨只記得和她聊天時，心情格外愉快。

八成是因為喝醉酒，所以當由佳莉向他索取名片時，他就給了由佳莉一張。一個月後，一之瀨在辦公室接到她的電話。他們在咖啡店見面時，由佳莉很健談。她從短大畢業後一直找不到工作，雖然想要考花藝設計的證照，但因打工太辛苦而放棄。她四處找條件理想的打工機會，最後成為公關小姐。雖然目前的生活很開心，但無論如何，都希望在三十歲前把自己嫁出去——在不知道第幾次通電話時，由佳莉說她的內衣被偷了。一之瀨聽到內衣這兩個字，忍不住心癢，同時有些興奮。一之瀨沒有交給轄區警局處理這件事，而是沒有避嫌，親自去了由佳莉的公寓。他的動機當然不單純。

〈我不知道是不是有戀父情結，每次看到大叔都會心動。〉

那次之後，他們的關係發展很迅速。他們多次在郊區不引人注目的摩鐵幽會，熟悉之後，就在由佳莉的家裡上床。第一次外遇讓他興奮得忘其所以，得意洋洋，覺得自己還很有男人的魅力。在感受快樂的同時，也有一種不知道深陷泥沼，或者說是墜入黑暗的危險感覺——他當時的確迷戀年輕的肉體；與此同時，每天面對屍體，也確實讓他承受著莫大的精神壓力。或許是想要克服內心對年近四十，自己慢慢變老的恐懼；或許是受到倉石的影響。一之瀨在內心深處，可能很崇拜倉石這個凡事跳脫框架的壞胚子。他把工作和家庭都拋在腦後，反正一旦嗝屁，就會躺在不鏽鋼平台上，像青蛙一樣任人解剖。

蜜月期維持半年左右，一之瀨的熱情便消失了，而且對越陷越深的由佳莉感到害怕。但是，他無法完全和由佳莉斷絕關係，因為他仍然眷戀由佳莉的青春。諷刺的是，當初在宴會上遞給由佳莉的名片成為他們交往契機，最後也因為那張名片，徹底消除了他內心對由佳莉最後的一絲眷戀。

〈我把你的名片貼在記事本上，遇到糾纏不清的客人，我就拿出來，他們馬上就退縮了，簡直就像是護身符。〉

一之瀨知道由佳莉完全沒有惡意，但仍然不寒而慄。他要求由佳莉把名片還給他。他說話時語氣低沉，連他自己都嚇了一跳，但由佳莉哭喪著臉哀求他，說保證不會再給別人看。一之瀨當然不可能硬是搶回自己的名片，但是要不回名片的焦躁，加強了對她的嫌惡。危險的女人。一旦對外遇對象產生這種想法，對方就變成惱人的存在。

之後仍然藕斷絲連地見過幾次面。一之瀨因為名片還在由佳莉手上，勉為其難地和她見面，但是對她的態度極其冷淡，有時候甚至沒有上床就直接離開。雖然最後是由佳莉提出分手，只不過是一之瀨逼她走到這一步。等我交到新的男朋友，就會把名片丟掉。由佳莉哭著對他說，他勉強點頭答應。他當時盤算著，最好不要刺激她。

那天之後，就和由佳莉斷絕關係。由佳莉沒有再打電話給他，兩個月前，他們在銀行的自動提款機前巧遇時，雙方都很驚訝。由佳莉恢復一之瀨最初認識她時的開朗活潑。一之瀨很快便知道其中原因。因為她的左手無名指上，戴著一只鑲了一小顆紅色寶石的金戒指。

〈這是紅寶石，是不是很漂亮？〉

〈妳……訂婚了嗎？〉

〈嗯，應該快了。你應該也聽過對方的名字。〉

〈我也聽過……？是誰啊？〉

〈秘密，秘密。等我結婚時會通知你。〉

一之瀨想問她名片的事，但最後還是把到喉嚨口的話吞下去。沒必要再問。他這麼告訴自己。由佳莉興奮的樣子足以讓一之瀨感到安心。沒想到——

一之瀨轉動方向盤，駛入市區道路。車子已經進入劍崎市區。

那張名片再度成為威脅。由佳莉有沒有遵守約定？她真的把名片丟了嗎？還是仍然貼在記事本上，留在一〇三室的某個地方？

不，在討論這個問題之前，要先弄清楚她究竟是自殺還是他殺？

如果是他殺就完了。多名鑑識專家會仔細清查室內的每個角落，到時候會發現一之瀨的指紋，也會採集到他的毛髮，床的縫隙內甚至可能找到他的陰毛，由佳莉的手機上可能還有他的名字。即使名片已經丟掉，一之瀨仍很快便會被視為嫌疑重大的嫌犯。

希望是自殺。

一之瀨內心湧起一股很像飢餓的感覺。雖然他不認為由佳莉會自殺，但又希望由佳莉是自殺。一旦斷定是自殺，就不會採集指紋和毛髮。如果發現記事本，應該會翻閱一下，但只要在別人發現之前，自己設法處理就行了。有辦法做到。只要進入現場，一定有辦法搞定。

車子駛入小路。一棟漂亮的兩層樓建築出現在前方。「高山公寓」——

一之瀨偷偷瞄向後視鏡，無法從閉目養神的倉石臉上解讀出任何感情。

4

公寓前已經完全成了命案相關現場的狀態。

公寓左側的電線桿到路旁堆放碎石的地方大範圍拉起封鎖線，年輕的制服員警面色凝重地看著半空。後方的廂型車內有兩頂鑑識人員的帽子，旁邊是一輛紅色警示燈不停旋轉的深藍色轎車。

倉石下車後，用力伸伸懶腰，打量周圍。一之瀨好不容易才能夠故作鎮定。一〇三室白色的門出現在視野角落。

「辛苦了。」

隨著開朗的招呼聲，一個臉圓，身材圓滾滾的人走過來。他的名字也很圓。他就是劍崎中央警局刑事課搜查股長福園盛人。

一之瀨在內心咂著嘴。雖然他看起來胖胖的，卻是辦案能力很強的刑警。一旦和他一起進入現場，就會很棘手。

福園根本沒把一之瀨放在眼裡。

「校長親臨現場，真是太榮幸了。」

「福饅頭，不要耍嘴皮子。」

「啊啊，一開口就叫我饅頭嗎？」

「屍體已經被放下來了，還誇張地拉起封鎖線，為此得意洋洋，等於在向周圍的人宣傳，你這個人有多蠢。」

「哈哈，校長還是這麼嚴格。」

很多人都叫倉石「校長」。他們都認為自己是「倉石學校」的學生。

「我認為十之八九是自殺。」

福園輕鬆地說道，然後看向身後的轎車。轎車的後車座有一個花白頭髮的腦袋，用手帕捂著臉，正微微晃動著。

「死者的媽媽來找她，結果發現屍體，然後就和房東一起把屍體放下來。我能夠理解她的心情。」

「嗯嗯。」倉石不置可否地應聲，在鞋子外套上塑膠鞋套。

「沒有遺書，但是死者的媽媽說——」

「閒聊先到此為止。」

倉石打斷他。倉石的言外之意，就是不要預設立場，先看屍體再說。

「那就先去看屍體。」

「谷田部老爺子來了嗎？」

「說是會晚一點才到，反正一定是少東醫生來。」

谷田部敦是在市區開診所的醫生，多年來，一直擔任劍崎中央警局的警醫，但這幾年肝臟出問題，從兩年前開始，就交棒給接班的兒子克典。

「要等他來嗎？」

「先開始相驗，否則鮮度會受影響。」

倉石的意思是，警醫根本中看不中用。福園跟在倉石身後，鑽過封鎖線。一之瀨稍微和他們保持一點距離，才跟上去。等一下就要面對已經變成屍體的相澤由佳莉。一之瀨無法想像自己除了在他們兩個人身後屏息斂氣以外，還能夠做什麼。

一〇三室。倉石戴上手套，轉動門把用力一拉。門發出「咚」的聲音，但並沒有打開。倉石可能以為門卡住了，於是再次用力一拉。咚。

「可能要用推的？」

「怎麼可能？」

倉石在說話的同時推門，門一下子就打開了。門內是狹小的脫鞋處。

「這公寓設計有問題，這樣脫鞋處根本就沒辦法使用。」

「就是啊。」

一之瀨聽到他們的對話，不由得冷汗直流。一之瀨第一次來這裡時，也不知道門要往裡推，用力拉門時，發出很大的聲音。如果今天是他走在最前面，一定會毫不猶豫地推門而入。正因為來過這裡，才會落入這個陷阱。在這裡無論做任何事，都絕對不能搶在他們前面。這件事必須牢記在心。

倉石、福園和一之瀨依次進入屋內。進門之後，左側是一個小廚房，往裡面走幾步，就是稍微突出的系統式衛浴，旁邊是通往房間的短走廊。房間和走廊之間的拉門敞開著。

「死者媽媽來的時候，這道門關著。」

走進房間，那裡是是差不多四坪大的木地板房間，所有窗戶前的厚實窗簾都拉得密密實實，室內的光線昏暗。倉石伸手打開牆上的開關，軟燈罩下的雙環日光燈發出啪刺啪刺的刺耳聲音，其中一環慢了一拍才亮起來。和當時一樣。

「這盞燈呢？」

「當時也關著。」

倉石打量室內。從他微微點頭的動作知道，室內在乍看之下，並沒有任何打鬥或是翻找的痕跡。

屍體——相澤由佳莉的屍體躺在進入房間後左側角落，感覺就像被子直接鋪在地板上的低矮床上。正在勘驗現場的鑑識人員的相機閃光燈閃個不停。由佳莉穿著黃色洋裝，臉上蓋著白色手帕。一定是她母親為她蓋上的。

一之瀨無法正視，他的心跳加速，呼吸困難，完全忘了記事本的事。他滿腦子只想著趕快離開這個地方。

倉石似乎看透他的心思，對他說：

「阿一，這個現場由你負責。」

5

這無疑是極大的折磨。

一之瀨不知該如何回答。他知道自己多麼驚慌失措。

「怎麼了？剛才不是你說要來的嗎？」

「是，但是……」

倉石果然在懷疑由佳莉和一之瀨之間的關係，才會要求一之瀨相驗屍體，然後觀察一之瀨的一舉一動。

「趕快開始吧，不然天都快黑了。」

倉石的話刺進耳裡。一之瀨覺得福園訝異的視線刺得自己臉頰發痛。只能硬著頭皮相驗，否則就更會被懷疑。一之瀨這麼告訴自己。下定決心開始行動。除此以外，已經無路可走。

「那就由我來相驗。」

一之瀨走向前，吐了一口氣，抬起雙眼，緩緩巡視室內。

床後方的牆邊，是懸吊的健身器材。那是由佳莉從二手商店買回來的。一之瀨之前在轄區警局刑事課辦公室內看過這種健身器材，但並沒有實際使用過，他記得當時還仔細打量，發現原來是這樣的東西。

〈一哥，你要不要也試試？拉的時候覺得身體好像橡皮一樣被伸長，感覺很舒服喔。〉

——專心點。

一之瀨費力地把由佳莉的聲音趕出腦海。

他走到健身器材旁，拿出尺量了一下。握棒的高度離地二點二公尺，握棒下方垂著晾衣繩，看起來像是上大小下的「8」字縱向無力地垂在那裡。

他用手指摸著繩索。繩索掛在握棒上的方法極其簡單，將繩索兩端分別綁在握棒上，握起垂下圓圈部分的繩子，從上方向下方打一個結，形成下方的圓圈。雖然以前沒看過這種綁法，但上吊用這種方法完全沒問題。下方的圓圈直徑二十一公分，剛好是人的腦袋放進去，掛住脖子的大小。

他將目光移向健身器材下方地板上橢圓形的水漬。把臉湊近後，阿摩尼亞的臭味撲鼻而來。水漬的二十公分前方，一個收納櫃倒在地上。失禁的位置和墊腳台的位置都沒有任何不自然的地方。

一之瀨站起來，再次巡視室內。

房間正中央的位置有一張玻璃桌，右側牆壁旁色彩繽紛的收納櫃像拼圖般縱橫搭配，組合在一起，雜誌、CD、絨毛娃娃和飾品類都收納得很整齊。收納櫃上方有手機、收錄音機和電視，相框內是胸前抱著網球拍，滿面笑容的由佳莉。

「哇，是個漂亮女生啊。」

福園一臉惋惜地說。

「這就難說了。」倉石語帶諷刺地說完，命令一之瀨：「驗屍。」

一之瀨跪在床邊，合起雙手。

動手吧，就像平時一樣。

他伸出手，小心翼翼地捏住手帕的角落，好像那是一張濕透的和紙。他的手指顫抖不已。他豁出去了，決定掀開手帕。他感受到汗毛和布紋摩擦產生的抵抗，接著，由佳莉的臉出現在他面前。

一之瀨忍不住閉上眼睛。背後傳來倒吸一口氣的聲音。是福園。

一之瀨認分地睜開眼睛，反胃感上湧了兩三次。

眼前的死相和照片中的笑容判若兩人。蒼白如蠟，眼球突出，扭曲的舌頭垂在牙齒前方，簡直就像是亂畫出來的嘴巴，好像隨時會發出痛苦的叫聲。這是典型的縊死面相。

一之瀨把嘴裡酸酸的液體吞下去，拿起筆燈，將燈光照向由佳莉的瞳孔。角膜混濁，無法透視瞳孔。

屍僵的情況如何？他放下筆燈，手掌從由佳莉的肩膀摸向手臂的方向。他頓時忘記了自己正在相驗，停下了手。

又硬又冷。

——由佳莉……

「怎麼了？繼續！」

倉石的聲音直擊他的大腦，他慌忙繼續移動手掌。屍僵情況嚴重，而且已經擴展到下肢，所有關節都無法活動。

「看來整整吊了十二、三個小時。」

倉石喃喃地說，福園低頭看著手錶。

「……也就是是半夜十二點左右。那就完全相符了，住在隔壁的研究生說，在那個時候曾經聽到嘎嚐的聲音。」

——隔壁的研究生……

一之瀨不由得緊張起來。當時曾經在由佳莉的房間門口遇到過那個研究生一次，那個研究生個子很高，五官很有現代感……記得他家門口的名牌寫著「加藤」……由佳莉說，她的新男友是一之瀨也認識的人。當時一之瀨完全想不到任何人，現在覺得不能排除這種可能性。畢竟由佳莉和加藤一直是鄰居。

——現在不要去想這些事。

一之瀨擺脫了這些思考。現在要專心驗屍。到目前為止，並沒有發現任何犯罪嫌疑，如果能夠順利得出自殺的結論，就可以消除一之瀨在由佳莉問題上的所有擔憂。

——出血點的情況如何？

絞殺或是扼殺時，眼瞼或是眼球上必定會出現好像被針刺過的出血點。

沒有。完全沒有。

——外分泌物的痕跡如何？

如果是非縊死造成死亡，鼻水、唾液和尿失禁等痕跡經常會出現流向側面等不自然的流向。

這方面同樣沒有問題。帶著血絲的鼻水從鼻孔直直流向下唇，沒有任何扭曲。唾液的痕跡是從下唇左端直直流向下方。兩條腿上有四條尿失禁的痕跡，都是從大腿筆直流下來，沒有彎曲，沒有斷線的情況。

——血液向下流的情況呢？

心臟功能一旦停止，全身的血液就會流向身體低處，血液停留在身體低處，在皮膚表面形成屍斑。

這也沒問題，暗紫紅色的屍斑都集中在雙手和雙腳前端。

一之瀨喘了一口氣。這是幾乎可以寫在法醫學教科書上的典型縊死死後徵候。

但是，關鍵還是脖子。一之瀨將燈光對準由佳莉的前頸部。

由佳莉的脖子上有一道寬一公分左右的暗紅色索溝。這條索溝從下顎下方向左斜上方延伸，經過微微突出的顎骨和耳朵下方，繼續向脖頸的髮際處延伸。右側也一樣。索溝從下顎下方以相同的角度向上方延伸，消失在被子遮住的脖頸髮際處。

他微微抬起由佳莉的肩膀，繼續觀察索溝。雖然沒有結節的痕跡，但索溝幾乎繞脖子一周，以下顎下方為起點，左右完全對稱，而且下顎下方的索溝特別深，可以證明這一點支撐了全身的體重。如果是絞殺，就無法出現這種情況。雖然凶手和死者可以背對背，然後用繩索套住死者的脖子，用力將死者揹起加以殺害，但即使以這種方式殺人，仍無法留下如此完美左右對稱的索溝。

除了索溝以外，脖子上並沒有任何異狀。被害人遇到襲擊時會掙扎，試圖用手拉掉套在脖子上的繩索，然後在掙扎時，會抓到自己的脖子，留下眾所周知、名為「吉川線」的擦傷痕跡。但由佳莉的脖子上並沒有吉川線，而且她的指尖和指甲都很乾淨。

完全沒有發現任何和上吊自殺不相符合的矛盾之處。由佳莉的脖子下方到腳後跟有一百四十公分，繩索圓圈的最下方離地面一百五十五公分，兩者之間有十五公分的差距。將收納櫃橫放時，高度是二十五公分，符合踏腳台的條件。

這是縊死。所有材料都無聲地表示，這不是他殺，而是上吊自殺。

警醫谷田部到場後，也會做出相同的見解。這明顯是自殺，不需要交由L醫大進行司法解剖，由佳莉的遺體將交由她的母親處理。

一之瀨起身。反胃的感覺已經消失了，內心深處湧現了另一種感覺。那是深深的安心感。

這是縊死。一之瀨轉過頭，準備說出這句話，但房間內響起倉石的聲音。

「屍體在哭泣。」

6

一之瀨驚愕地將視線移回屍體。

屍體在哭泣？倉石是說，自己的判斷錯誤嗎？

不，該不會……

由佳莉右眼眼角下方，剛好在顴骨的位置，有一個紅豆大小的淡斑。那是雀斑。

一之瀨記得剛才看到後如此判斷。

他把放大鏡對準淡斑。

放大之後，可以發現淡斑輪廓有一部分微微隆起。那是眼屎乾了之後留下的痕跡——

一之瀨倒吸一口氣。他想起了記錄在大學筆記本上、倉石之前說過的話。

〈服用安眠藥中毒死亡的屍體會流淚。〉

「調查官——」

「目前還無法確定，上吊自殺時，很多屍體也會流淚，但是為了謹慎起見——」

倉石考慮後，下達指示。

「阿福，請鑑識人員採集地板上的腳印。」

「腳印……嗎？」

「要確認死者是不是自己走過去，因為有可能是讓死者熟睡後，把她掛在繩子上。」

「啊，原來是這樣。」

「你剛才說，房間的燈都關著，對嗎？既然這樣，就調查從開關到健身器材下方的腳印。」

兩名鑑識課的課員立刻開始行動。拉開窗簾，用斜光照射法和鋁粉進行採集作業。

「還有另一個問題。」

倉石指著由佳莉左手的無名指。

「咦？」

一之瀨瞪大了眼睛。由佳莉左手無名指上沒有任何東西……不……有，的確有。她的無名指上可以隱約發現大約一毫米左右的帶狀壓痕，繞手指一周，可以認為是戒指的痕跡。由佳莉的手指因屍斑變成了暗紫紅色，所以一之瀨剛才沒有注意到這件事。

「這裡有很多戒指。」

福園眼尖地找到了星形的飾品盒，裡面有七枚戒指，都是一眼就可以看出是便宜貨的潮流飾品。

「寬度呢？有沒有相符的戒指？」

「呃，等一下……」

福園拿出了每一個戒指，比對著無名指上壓痕的寬度。

有三個相符。

「那麼，她是先拿下戒指，放進飾品盒，然後才上吊嗎？」

「如果是死前拿下戒指，會留下壓痕嗎？」

「嗯，只要在臨死之前拿下，就會有壓痕。」

他們兩個人似乎得出了結論。

但是，一之瀨臉色發白。

〈這是紅寶石，是不是很漂亮？〉

但是，飾品盒中並沒有那枚戒指，沒有那枚鑲著紅寶石的金戒指。那枚戒指去了哪裡？一之瀨不用思考，立刻浮現了犯罪的劇本。

由佳莉果然是遭人殺害，凶手擔心警方會根據戒指循線追人，於是拿走戒指。凶手是誰？就是送戒指給由佳莉的新男友，也許就是住在隔壁的研究生「加藤」。

一之瀨認為必須向倉石報告這件事。這是判斷自殺還是他殺的重要線索。一旦隱瞞這條線索，自己就不配當警察。一之瀨原本希望由佳莉是自殺，不，現在仍然如此希望，但即使這樣，也不能把他殺說成自殺——

他看向半空的視線突然停了下來。

記事本……在塞滿CD的收納櫃深處，記事本和幾本文庫本一起豎在那裡。由佳莉的記事本就在那裡。

〈我把你的名片貼在記事本上，遇到糾纏不清的客人，我就拿出來，他們馬上就退縮了。〉

他再次感到戰慄——身敗名裂——

他天人交戰。

如果凶手不是「加藤」呢？一之瀨就會成為外遇殺人的嫌犯，自己打算放棄工作和家庭嗎？有辦法做到嗎？由佳莉已經死了，自己還活著，以後也將繼續活下去，有必要為已經死去的女人犧牲嗎？

不，現在還無法確定到底是不是他殺。比方說，由佳莉被男友拋棄，她可能把戒指丟了，或是收到平時看不到的地方。這種可能性完全存在。

也就是說，即使向倉石提供線索，也不知道是否能夠改變判斷，認為這起事件是他殺，但是，一旦提供這個線索，一之瀨就走到了人生的懸崖邊。

——別做傻事了。

一之瀨咬緊牙關。

他下定決心。一旦下定決心，就知道接下來該怎麼做了。

他用眼角看著倉石。倉石正低頭看著鑑識人員採集腳印。福園也一樣。現在不行動，更待何時？

一之瀨屏住呼吸，躡手躡腳地走到他們身後，緩緩蹲下來，把手伸進收納櫃，手指把記事本抽出來。就在這時，他感覺風吹向臉頰。聽到腳步聲，才知道玄關的門打開了。

「不好意思，我來晚了。」

警醫谷田部克典走進來。被稱為「少東醫生」的他還不到三十歲。

——他看到了嗎？

一之瀨在口袋裡緊緊握著記事本的手冒著汗。

7

谷田部抵達後，相驗作業進入最後階段。

「那我來除下衣物。」

一之瀨打開遺體身上洋裝前方的鈕釦。豐滿的胸部、纖細的腰，以及迷人的下腹部線條。一之瀨以前喜愛的一切，都曝露在眼前。

〈呵呵呵，既然這樣，我就不能在莫名其妙的地方離奇死亡了。我可不想一絲不掛，渾身上下都被你檢查。〉

太可悲了。一之瀨已經恢復鎮定，所以產生了這樣的想法。他已經拿到記事本。谷田部似乎並沒有發現。谷田部也很快會做出自殺的結論，由佳莉已經無法再對一之瀨造成威脅。

雖然戒指的事顯示由佳莉可能被人殺害，但是既然沒有看到那枚紅寶石戒指，也可以認為她已經失戀。因失戀而自殺。一之瀨真心開始認為是這麼一回事。

他和谷田部一起檢查由佳莉的肩膀、胸部、腹部和上臂。沒有皮下出血，沒有壓痕，沒有擦傷。沒有任何跡象顯示有外敵。

一之瀨解開了內衣釦。渾圓的胸部露出來，一之瀨大吃一驚。

乳頭發黑。不，也可以勉強說是粉紅色。最好的證明，就是其他人都沒有提到「懷孕的徵候」這幾個字。但是一之瀨知道，由佳莉的乳頭原本是漂亮的淺色。

他的心跳再度加速。

懷孕。這可以成為殺人的動機，也可能是自殺的動機。但是——

戒指和懷孕。明明已經具備了足以懷疑有殺人嫌疑展開偵查的兩大材料，卻以自殺處理，完全沒有進行任何調查，事實真相就永遠埋葬在黑暗中。這會不會太沒有天理？由佳莉會不會死不瞑目？

他已經下定決心，不打算改變心意。他心冷如冰，被自己的冷酷吞噬，整個人都凍結。

一之瀨脫下由佳莉的內褲，稀疏的陰毛仍然殘留著失禁的濕氣。棒狀的體溫計測量了直腸溫度後，結束了驗屍工作。

倉石看向谷田部問：

「谷田部醫生，你認為怎麼樣？」

「是縊死。」

谷田部面不改色地說。

倉石輕輕點頭，轉頭看向已經完成作業的鑑識課員。

「你們鑑識的結果呢？」

「是，採集到電燈開關筆直走到健身器材下方的痕跡，以步幅來看，腳步很穩健。」

「辛苦了，阿福，你有沒有什麼意見？」

福園凝重地開口。

「死者的媽媽說，這是基因。相澤由佳莉的父親也在二十五年前上吊自殺，她當時才五歲。」

一之瀨懷疑自己聽錯了。由佳莉之前告訴他，父親是罹癌死亡。

「聽說他經營的鐵工廠破產了，在由佳莉生日時，無法買禮物給她，只能用自己的名片，做了一副撲克牌，然後當作禮物送給她。名片上印了名字的部分都一樣，就當作是撲克牌背面的圖案，用簽字筆畫上紅心或是黑桃。由佳莉很高興，但是她父親在隔天早上……可能希望至少能夠為女兒慶生吧，而且不巧的是，由佳莉最先發現屍體。她媽媽說，可能是那一幕讓她留下了陰影……總之，她媽媽這麼說。」

房間內鴉雀無聲。

一之瀨說不出話。

名片……所以，由佳莉才會對名片那麼……

「阿一——」

倉石抱著雙臂，注視著一之瀨說：

「下結論。」

「啊……」

「今天的相驗不是由你負責嗎？所有情況都擺在眼前，趕快做出最後的結論。」

幾秒鐘後，他就無法再忍受眼前的沉默。

一之瀨開了口，顫抖的嘴唇讓他的聲音變得很小聲。

「本案……應為縊死。」

8

晚上十點。一之瀨坐在平價小酒吧的吧檯前。他無法把自己灌醉。

離開由佳莉家時，封鎖線外擠滿了圍觀的民眾，「加藤」也在其中。他們四目相接，但一之瀨移開視線。「加藤」很可能就是殺害由佳莉的凶手，但他擔心「加藤」記住他的長相，因此不加思索地低下頭。

終於保護了家庭。

但是，真的可以這麼說嗎？既然這樣，自己為什麼在這裡？明明可以準時下班回家，也可以為太太慶生，但是，他沒有這麼做，而是在這裡喝酒。

自己終究只是一個自私鬼。

一之瀨注視著自己的手掌。

由佳莉的身體冰冷僵硬，當時的感覺仍然留在他的手上。

〈哇，我超喜歡警察。〉

由佳莉看起來無憂無慮，原本以為她享受著年輕，做自己想做的事，活得很開心有趣。

她的父親在她五歲時就死了。在她生日的隔天早上，她看到了父親上吊的屍體——

〈話說回來，那些自殺的人真的有夠笨。〉

由佳莉說這句話時，臉上是怎樣的表情？一之瀨想不起來。雖然他們交往了半年多，現在才發現，自己對由佳莉一無所知。

自己根本不願意去瞭解她。就連在她死去時的最後一面，也不想瞭解真相。沒有退路了。由佳莉將被燒掉，變成骨灰，裝在小罈子裡，然後長眠在泥土之下。

他的肩膀顫抖，手臂撐在吧檯上。他想拿手帕時，手指碰到其他的東西。記事本——

他拿出記事本，不顧一切地開始翻。找到了。名片貼在最後一頁。但是——

完全看不清楚名片上的名字、頭銜和電話號碼，所有的數字和文字都被一個個小小的紅心塗掉了。

一之瀨忍不住仰頭看著天花板。

一旦交到新的男朋友，就會把名片丟掉。雖然由佳莉向他如此承諾，但她無法這麼做，但又不希望造成一之瀨的困擾……

一之瀨之前一直覺得不願意歸還名片的由佳莉是一種威脅，甚至覺得她是危險的炸彈，但是，由佳莉並沒有痛恨自己這個薄情寡義的男人，而是像小女孩一樣，在自己的名片上塗滿了紅心。她可能想用紅色原子筆塗掉黑色的字，於是造成名片表面磨損，變得有點毛毛的。太傻了。一之瀨想。這個女人太傻了。

原來這就是眼淚。他無法控制自己的淚水。

整齊排列的紅心漸漸模糊，看起來就像一張撲克牌。

一之瀨握起拳頭。他用力握緊拳頭。

一之瀨拿出手機，撥打到倉石官舍。電話沒人接。他又重新撥打了倉石的手機。

《什麼事？》

「我有緊急的事要向你報告，請問你在哪裡？」

《我在劍崎的現場。》

一之瀨覺得這句話就像是雷鳴。

一之瀨走出酒吧，他衝到馬路上，攔下計程車前往劍崎。他殺。倉石並沒有放棄這個可能性。既然這樣，一之瀨掌握的線索就可以發揮作用。

一個小時後，一之瀨抵達「高山公寓」。倉石坐在停在一〇三室旁的車上。

「看你的臉，不像是來自首的。」

「也許並沒有太大的差別。」

一之瀨一五一十地說出所有的事。和由佳莉的關係、戒指、懷孕，還有「加藤」的事——

「隔壁的加藤嗎？和我的不一樣。」

「不一樣？那是誰？不，由佳莉真的是被人殺害嗎？」

「這件事我可以掛保證，你跟我來。」

倉石下車，推開一〇三室的門。一之瀨跟著他削瘦的背影走進去。

他們經過短走廊，走進房間後，倉石拉上拉門，關掉房間的燈。

房間內伸手不見五指。

「每一扇窗戶的窗簾都很厚，一旦關上拉門，晚上就變成這樣——阿一，你有辦法走路嗎？」

「啊……不……」

「人在完全漆黑的時候無法走路，即使在自己家裡也一樣，不可能像鑑識說的那樣，『筆直走』、『腳步穩健』，最多只能『小心翼翼』、『用腳底摸索著走』，也就是說，那些腳印是其他時候留下的。」

原來如此。倉石為了確認這件事，因此在這裡等到「晚上」。

「調查官——你在白天的時候就知道了。你當時沒有說……是因為發現我慌慌張張，所以懷疑我嗎？」
「這個世界上，沒有人活得徹底清白，警察當然也不例外。」
只有他們的說話聲在黑暗的空間交錯。
「那現在……呢？」
「沒有絲毫的嫌疑。」
「既然不是我，又不是加藤，到底是誰呢？由佳莉說，我應該也知道她新男友，但是除了加藤以外，我並不知道——」
一之瀨說到這裡，不由得繃緊全身。
有。的確有一個人會讓由佳莉這麼認為。
啪的一聲，燈泡亮起。倉石的臉就在眼前。
「是不是有這樣的人？」
一之瀨點點頭。
「就是少東醫生——谷田部克典。」
是L縣警醫的尾牙。由佳莉和谷田部很可能在那個場合相識。一之瀨也有去參加那次宴會，所以由佳莉認為一之瀨知道谷田部的名字——
「看來你這次的想法和我一樣。」

「由佳莉可能和我分手之後，開始和他交往。兩人都住在劍崎市區，可能因為由佳莉去看病之後，他們很快就拉近了距離。但是，即使他們是男女關係，也無法知道是不是少東醫生殺的……」

「這個命案現場很完美，幾乎沒有破綻，原本以為只有你有辦法安排成這樣，但是他當然也有辦法做到，他太瞭解我們的工作了。」

「雖然是這樣，但還有很多警醫，由佳莉參加了警醫的尾牙。」

倉石並沒有採納他的意見。

「明天的司法解剖，可以搞清楚用了什麼方法讓死者沉睡，但無論如何，都要感謝少東醫生幫了大忙，因為他出了天大的紕漏。」

「紕漏？」

這時，玄關傳來咚的聲音。又有人往外拉門。

「啊……」

一之瀨瞪大眼睛。

就是那個時候。他趁倉石他們不備，伸手去拿記事本時，谷田部晚一步來到這裡。一之瀨感到有風吹在臉頰上，而且聽到了腳步聲。但是，並沒有聽到「咚」的聲音。

「就是這麼回事，谷田部知道這道門要用推的才能打開。」

一之瀨茫然地站在原地。

終身驗屍官——竟然連這種枝微末節都完全掌握。

福園衝了進來。

「校長——那個少東醫生扮豬吃老虎，明明已經有老婆孩子了，在外面卻假裝單身，到處搞七捻三。」

福園和白天時一樣，完全無視一之瀨的存在，向倉石報告後，說了一句「我們會好好審訊他」，又轉身離開。

「我們走吧，接下來就是他們的工作。」

「是。」

一之瀨來到走廊上，停下腳步轉頭看向後方。

他覺得有一個聲音叫住他。

由佳莉曾經說，三十歲之前絕對要把自己嫁出去。也許她把谷田部視為最後的希望。她懷孕後，是否抱著谷田部的腿央求，自己不願意拿掉孩子？

一之瀨閉上眼睛，對著失去燈光，也失去夢想的房間靜靜地合起雙手。

倉石在門口等他。

坐上車後，兩個人的手機同時響，好像就在等待這一刻。
「死者在找我們。」
倉石削瘦的臉上微微露出笑容。

眼前的密室

1

晚上十點過後。

相崎靖之轉頭看向躺在沙發上的甲斐。

「甲斐哥。」

「嗯？」

「嫂子今晚有空嗎？」

「嗯——有啊。」

「可以借用一下嗎？」

「可以啊……要去哪裡？」

「恩愛賓館。」

「是喔……」

甲斐不置可否地應聲後，緩緩起身，走到自己的桌子前，按了電話號碼。

十五分鐘後，甲斐的太太智子就出現了。她比相崎大一歲，今年二十四歲，她那雙完全無視五官正常比例的大眼睛令人印象深刻。她向來不注重衣著打扮，今天晚上仍隨便穿了一件寬鬆的運動衣和迷你裙，光著腳穿著低跟涼鞋。相崎從小到大，都一直認為絲襪是女人的皮膚，因此覺得智子沒有光澤的大腿和膝蓋格外性感，但同時又覺得她很邋遢。

相崎向智子使個眼色催促，推開門時回頭說了一聲：

「那嫂子就借我一下。」

「注意分寸。」甲斐嘀咕一句，然後又倒在沙發上。

智子的紅色輕型車靜靜地停在建築物後方水銀燈的光暈外。

車子的離合器處於「待維修」狀態，用力踩下油門時，只聽到引擎發出很大的聲響，但速度完全沒有增加。即使好不容易終於加快速度，但此時號誌燈簡直就像變魔術般變成了紅燈。這輛車子似乎知道自己只是情緒發洩的工具，煞車倒是很靈光。

「欸，相崎。」

坐在副駕駛座上的智子看著前方開口。

「今天晚上要去哪裡？」

「恩愛賓館。」

在彼此的手肘都會碰到的狹小車內頓時陷入了敏感的氣氛。

「還真是淡定。」

智子不滿地說完，將座椅稍微倒向後方。由於車子突然開出去，因此智子性感又邋遢的大腿抬起，被號誌燈染成綠色。

沿著國道向東行駛，在信用金庫前轉彎，駛入縣道。車子經過的風壓把商店街的清一色灰色鐵門震得發出聲響，沿著商店街繼續行駛，在緩和的彎道前方，就是一片五光十色的摩鐵區。

在這片摩鐵區內，豪華遊輪造型的「恩愛賓館」格外引人注目。順著「汽車由此入內」的指示牌，在縣道左轉，車子駛入碎石子路後，右側垂了好像七夕裝飾般五顏六色尼龍彩帶的「汽車入口」映入眼簾。相崎沒有把車子開進去，而是沿著賓館的外牆繼續行駛。接下來只要一個動作——在外牆盡頭把方向盤向右打到底，把車子駛入賓館後方的狹窄泥土路就搞定了。引擎熄火後，關掉車燈，在停車的同時，把座椅放下躺平，然後俐落地調整後視鏡的角度，讓後方碎石子路對面，相距大約十公尺的老舊兩層樓房子的玄關出現在後視鏡的正中央。

那是縣警總部搜查第一課重案第四股股長大信田警部的官舍。

「是為了那起老婦人命案來夜訪吧？」

「對。」相崎簡短回答後，在B5尺寸的夜訪筆記本上寫下『十點三十二分開始埋伏』這行字。

2

智子也放低了座椅。

「股長大約幾點回家？」

「警察局會議室的偵查會議才剛開始，偵查員才剛開始報告——」

相崎低頭看著手錶說：「可能十一點半，或是十二點半……」

「也可能要到一點半，或是兩點半。」

智子滿臉無趣地接著說。

「對啊，如果偵查員有好消息，偵查會議就會延長。」

「既然這樣，根本不需要這麼早就守在這裡。」

「萬一股長提早回家，關燈之後就沒戲唱了。」

「你真是乖寶寶。」

智子一臉無奈，然後把座椅放得更平。相崎腹肌用力，坐起身，再次微調後視鏡的角度。

股長官舍一樓客廳的窗簾透出燈光，兩側分別是「秘密賓館」和「白鷺鷥旅館」

的外牆。這裡以前是東部警局局長的官舍，但周圍陸續建起很多摩鐵後，總部警務課認為作為局長官舍有失體面，但是作為偵查幹部的官舍沒問題，於是就如此安排。

「目前進展如何？」智子懶洋洋地問，「快收網了嗎？」

「啊？」

相崎正在檢查呼叫器的電池。手機在這一帶收不到訊號，這個「古董」就派上用場。

「就是老婦人命案啊，快破案了嗎？」

至少東洋新聞和中央時報這麼認為。

赤石主編好像地鳴般的聲音在耳邊響起。

如果這個案子被其他報社搶先報導，我絕對不會放過你。今天晚上一定要逮到股長，問出誰是凶手。

不需要赤石主編提醒，相崎也很清楚，身為地方報的縣民新聞絕對不能被其他報社搶先報導。富士見町放高利貸的老婦人在家中遭到絞殺發生至今已經八天，今天之前，都靠著每天晚上的夜訪打聽到的間接證據和鑑識結果，總算沒有讓報紙開天窗。犯罪所使用的迪奧領帶只在法國國內販售，現場採集到的短髮血型是AB型。梳妝台有一瓶香水打破，院子裡留下一排好像踩高蹺般奇怪的痕跡。但是，已經沒有新的消息了。在這起案子的報導上激烈競爭的東洋和時報兩家報社，今天在早報上都完全沒有報導任何有關這起案子的後續情況，顯然已經放棄靠二流消息競爭，決定暗中展開行動，一口氣用「重大嫌犯浮上檯面」的重磅新聞來一較高低——至少目前看來如此。

「目前已經鎖定可疑對象嗎？」

「對，有兩個人。」

「誰？」

聽到智子的問題，相崎一時答不上來，立刻翻開腦袋裡的記事本。

「老婦人的外甥東勝男，他是有七宗前科的暴力罪犯。另一個人是老婦人的前夫，因為缺錢，一直希望和她復婚。等股長回來之後，就要問一下目前警方認為到底哪一個人是真兇。」

「是自家人犯罪嗎？和我的不一樣。」

「我的……」

相崎想起負責相驗屍體的倉石調查官那張很像黑道兄弟的臉。智子的這句話很像他的口頭禪。每次夜訪時，對他說出自己的推論，他幾乎都會說這句話。「和我的不一樣。」

但是，智子說的「和我的不一樣」是什麼意思？

相崎試圖解讀這句話的意思時，立刻發現「第一波」出現了。

汽車的車頭燈光從縣道帶著弧度，掃過碎石子路，後視鏡中出現一輛黑白雙色的警車。警車緩慢的移動，讓人猜想車上想必出現了「喂」、「嗯」的對話。警車發出輕微的煞車聲後停下，一名制服員警拿著手電筒下車。

智子雙手已經抱住相崎的脖子，相崎可以感受到她的呼吸、心跳、身體的彈性和酸酸甜甜的香氣。

腳步聲慢慢靠近。相崎微微閉上抽搐的眼皮，燈光掃過車內。智子扭動身體，徹底排除兩人肉體之間些微的縫隙。

腳步聲遠去，接著聽到關車門的聲音。警車上的人八成笑著說「正在濃情蜜意呢」、「下次換我喔」，然後抄下紅色輕型車的車牌就算完成任務。無論把車子停在多麼奇怪的地方，只要車上的是成年情侶，警察向來很寬容。

智子在相崎的胸前呵呵笑。

「又幫上忙了。」

「不好意思，每次都多虧有妳。」

相崎微微點頭致謝，然後繼續從後視鏡監視玄關。

「真是的！」智子瞪著他的側臉低吟一聲，把身體移回副駕駛座。「你還算是男人嗎？」

相崎不可能告訴她，自己兩腿之間冒汗，只說了一句「不是」，然後調整後視鏡，接著又調回來。

「下次車震預計是什麼時候？」

「如果不算警車巡邏，下一次是十一點五十分左右，有七個人騎腳踏車經過。」

「喔，是醬菜工廠晚班的工人。」

「沒錯，戴黑框眼鏡的人很壞心……每次都會往車子裡張望，要是看到車內只有一個男人，就一定會打一一〇報案。」

「一個男人在摩鐵後方鬼鬼祟祟，也不能怪他啦。」

相崎沒有回答，因為他發現後視鏡中有動靜。小孩子房間的燈亮起。是股長的獨生子豐上廁所的時間。記得他已經是小學三年級的學生，但也許是因為過度寵愛的關係，每天晚上，股長太太加奈子都會陪他上廁所。相崎腦海中浮現在外面是孩子王的豐的臉，忍不住笑了——這時，另一個記憶的抽屜沒來由地打開。

「嫂子。」

「怎麼了？」

「老婦人命案啊，妳剛才不是說到一半嗎？說和妳的不一樣。」

「就是字面上的意思啊，和我認為的凶手不一樣。」

相崎的視線離開後視鏡。

「妳認為的凶手？是誰啊？」

「我是不知道名字啦，但以結果來說，應該可以大幅縮小範圍。」

相崎的視線再次離開後視鏡。

智子露齒一笑。

「別看我這樣，我好歹也是警政線主編的太太，當然會看報紙的社會版。」

「喔。」

「案發後的報導，不是有現場周圍的簡單地圖嗎？我看了之後大吃一驚，因為知名的昌子芭蕾學校就在那個老婦人家附近。」

「對啊，我也曾經去那裡打聽過好幾次。」

「凶手不是那裡的老師，就是那裡的學生。」

相崎終於轉頭看著智子。

「為什麼？」

「你竟然問我為什麼，你不是在報導中提到，老婦人家的院子留下奇怪的高蹺痕跡嗎？現在就連小學生都知道可以從腳印分析出鞋子的種類。」

相崎歪著頭納悶。

「你真遲鈍。事情很簡單——凶手是芭蕾舞者，因為不想留下腳印，於是就像跳芭蕾舞時那樣，一、二、三，踮著腳尖逃走。」

「怎麼可能……」

「什麼叫怎麼可能？難道你認為凶手真的踩著高蹺逃走嗎？」

「不……但是在現場採集到的頭髮很短。」

「你太孤陋寡聞了，你自己去芭蕾舞教室看一下，無論哪一個芭蕾舞教室，有一半學生的頭髮比你更短。」

「但是，女人……」

「絕對是女人。現場不是打破香水瓶嗎？那是凶手為了掩蓋自己身上的香水味，故意打破的。」

智子那雙簡直好像可以看透靈魂的清澈大眼睛，出現在相崎和後視鏡之間。

「我告訴你，芭蕾舞原本是在義大利誕生的，但在十六世紀後半，在法國宮廷的保護下持續發展，所以學芭蕾的人都會去一次法國，至少充一下場面。」

「是。」

「至少比缺錢的前夫或是外甥，更有可能擁有只能在法國買到的迪奧領帶——不是嗎？」
「是。」
「好，接下來就可以縮小範圍。芭蕾學校總共有幾個人？」
「據說那所學校走只收少數學生重點栽培路線，包括昌子校長在內，總共有二十人。」
「有一半是短髮。」
「那就是十個人。」
「從頭髮分析出來的血型呢？」
「是AB型。」
「AB型的比例是多少？」
「以日本人來說，差不多每十個人中有一個。」
「看吧，不是就可以鎖定一個人嗎？接下來只要查出名字就好。不，那我就乾脆好人做到底，送佛送到西天。」
相崎倒吸一口氣。
「剛才聽你說，老師和學生總共有二十人，我就知道結果了。社會版的標題可以這麼寫：『昌子校長涉嫌殺害老婦人遭到逮捕』、『營運困難，無法回填資金缺口，進而行凶』——怎麼樣？」

「昌子校長？籌款？」

「你真是太傻太天真，竟然會相信什麼只收少數學生重點栽培的謊話。你倒是想一想，那麼大一所芭蕾學校，只有二十名學生，怎麼可能撐得下去？」

相崎想起令人聯想到市民體育館的巨大芭蕾學校建築物，同時也想起那棟房子到處都有龜裂的痕跡。

智子看著相崎的眼睛充滿期待。

相崎打破沉默。

「我會問股長。」

下一剎那，智子就像消氣的氣球般沉入座椅。

「你太冷靜了——真沒意思。」

雖然相崎腿間沒有再流汗，但手心都被汗水濕透。他不僅弄清楚老婦人命案的真相，而且還一下子搞清楚所有記者都百思不解的謎團。沒錯，那就是目前應該在縣警記者室內呼呼大睡的甲斐主任，為什麼能夠十七次獲得編輯局局長獎——

3

手心的汗水還沒乾，「第二波」就從縣道的方向出現。

「股長回來了嗎？」

「……不，好像不是。」

相崎瞪大眼睛。明亮的黃色掃過後視鏡。車子急煞車導致後輪打滑，發出嘰嘰的刺耳聲音。

「東西計程車……是時報的人。」

計程車的車門打開，一個像是彈簧玩具般的矮小身影衝下車子。智子把頭湊過來，看著後視鏡。

「啊喲，是女生欸。」

「她是時報的新人，名叫花園愛。」

「好可愛的名字。」

「只有名字可愛。」

「你話中有刺喔。」

花園愛毫不猶豫地按下官舍的門鈴，玄關的燈立刻亮起，瀏海捲著髮捲的加奈子太太從虛掩的門內探出端麗的側臉。雖然聽不到她們談話的聲音，但八成是──「股長回家了嗎？」「還沒有。」「請問大約幾點會回家？」「這就要問殺人凶手了。」──「去問凶手」這句話，是加奈子太太的口頭禪。

照理說，既定的對話已經結束，但兩個人仍然站在門口繼續聊天。花園愛的厲害之處，就在於即使想要拜訪的人不在家，也會努力打聽一些消息，但這也是她的致命傷。

「沒想到股長的太太這麼年輕漂亮。」

「她以前是縣警之花。」

「是你喜歡的類型？」

「沒有。」

「聽說赤石主編以前很迷她。」

「真的嗎？」

「對啊，我聽甲斐提過這件事。」

花園愛深深鞠躬，然後轉身跑向計程車。這時，她突然轉頭看過來，但也僅此而已，因為智子的紅色輕型車並沒有出現在其他報社的注意清單上。

相崎打開夜訪筆記本，寫下『十一點零二分　時報・花園（四分鐘）』幾個字。

「以她目前的路線，接下來會去指導官的官舍。」

「八成是這樣。立原指導官最近生病，正在療養，但她應該會去按門鈴。」

「我們也可以像她那樣趴趴走，不是比一直偷偷摸摸守在這裡更有效率嗎？」

相崎正想回答，嘴巴被智子捂住，同時聽到智子用寶塚劇團演員反串男角的聲音說：

「你們給我聽好，全國性報紙的記者當然無所謂，畢竟他們兩三年後，就會離開這裡，所以就算不按牌理出牌或是做了什麼缺德的事，反正只要能夠撈到一則獨家，就可以凱旋回東京；但是，我們地方記者一輩子都被綁在這裡，即使被調去跑其他線，或是被貶去分社，仍然一輩子都要和條子打交道。如果半夜三更去官舍按門鈴，就像腦袋空空、走過路過就順手牽羊的小偷一樣到處亂闖，一輩子都會和信用無緣。條子也有家人，條子的老婆也會在浴室脫光光，小孩子可能發燒，躺在床上很不舒服。你們要搞清楚，無論怎麼想要追新聞，也千萬別去按門鈴，只能苦苦等條子回家。這是前人的智慧，本報的傳統——你要這麼說，對不對？」

赤石主編的「夜訪訓」就連社會部記者的老婆都背得出來。

「話說回來，埋伏等人的最長紀錄有多長？」

「是赤石主編創下的紀錄，聽說他年輕時，曾經在鑑識課長家門口守了九個小時。」

智子瞪大眼睛。

「但是我搞不懂，為什麼連你也變成了赤石主編？」

「啊？」

「你在學生時代不是玩社團、參加聯誼，活得很瀟灑嗎？為什麼一進報社，被分到警政線之後，就擺出一副『我的人生就是為了追獨家新聞』的嘴臉，甚至渾身散發出一種悲壯感——你不覺得很不可思議嗎？」

好在又連續出現兩位不可思議的同類，相崎得以擺脫自己處於劣勢的對話，在夜訪筆記上記錄。

十一點十五分　讀日・佐藤（一分鐘）

十一點十八分　每朝・皆川（

相崎寫了半個括號後就停下筆，看著後視鏡中的皆川，想要用念力把他趕走。但是當然沒有任何效果，一身西裝的高大身影在加奈子太太的笑容迎接下進入官舍。

「啊喲喲，那個人進去了欸。」

「加奈子太太請他喝咖啡。」

「但是，其他記者都——」

智子打個響指。

「剛才那個人是傳聞中的牛郎皆川？」

「沒錯。」

「前縣警之花和牛郎皆川嗎？」

如果說，花園愛是「即使長官不在家，也努力想要挖新聞的記者」，皆川明就是「專門趁長官不在家時上門的記者」，他五官輪廓很深，俊俏的長相連明星都甘拜下風，而且舌粲蓮花。曾經有一位生活安全課的警察鐵口掛保證，如果他去牛郎店上班，收入絕對是目前的十倍。

問題在於不知道股長平時會向太太透露多少案情，以及股長太太會透露多少內情給皆川。

「股長太太也很中意他。」

「啊？」

「她剛才不是把髮捲拿下來了嗎？剛才另外兩個人來訪的時候，她都沒拿下來。」

相崎不得不佩服智子的觀察力。但是根據夜訪筆記的統計，皆川幾乎每次都在這個時間出現，逗留十二、三分鐘後離開。他無意為別人辯護，但他認為在男女關係的問題上，那兩個人是清白的。

皆川走出官舍，門在他的身後從內側關上。

剛好十一點半。相崎在剛才寫下的半個括號後，繼續補充『十二分鐘）』幾個字，闔起筆記本。

智子仍然在意那兩個人的緋聞。

「好奇怪啊——剛才那麼歡天喜地地迎接，離開時竟然沒有送一下。」

4

相崎的傳呼機在十一點五十分響起。呵欠打到一半的智子靈巧地用張著的嘴巴說：「有人找你喔。」

相崎按掉鈴聲，低頭看著呼叫器的螢幕。螢幕上沒有顯示電話號碼，也沒有留言內容。他咂著嘴。難道是要向自己確認白天寫的珠寶店遭竊的稿子嗎？但是目前離社會版落版時間還早。難道發生了什麼重大事件？他對這裡無法使用手機感到生氣，但仍然抱著一線希望，拿出手機看一下，但還是完全沒有訊號。問題是這附近並沒有公用電話。

他正在思考該怎麼辦，呼叫器又響了。

「搞不好哪裡發生了什麼案子。」

智子說中相崎擔心的情況。殺人、搶劫、縱火、瓦斯爆炸。可怕的字眼接連浮現在他腦海。

去離這裡最近的公用電話，通話三分鐘，來回一趟差不多十五分鐘。

相崎下定決心，下車後，躡手躡腳地走到官舍玄關，靠著屋內洩出來的燈光，定睛打量門口的台階。找了附近數公尺的範圍後，發現想要的東西。那是一顆直徑三毫米左右的扁平石粒。他用指尖撿起，以舌頭沾濕後，放在玄關大門門把的正上方。準備工作完成——

智子一臉興奮地在車上等他。

「我知道，我知道，剛才的是不是那個？就是一旦轉動門把，石粒就會掉下來的機關。」

「這是本報的傳統。」相崎說道，在筆記本上寫了『十一點五十三分．埋伏中斷』，然後發動引擎。

「如果回來時，發現石粒掉下來怎麼辦？」

「這代表股長已經回家，就只能放棄，去更晚回家的主任家門口埋伏等人。」

「但是，股長太太能深夜出來倒垃圾，然後轉動門把啊。」

「問題是我們無法確認，斷然放棄也是傳統之一。」

「太可惜了，明明已經都等了這麼久。」

智子為相崎拉好變皺的襯衫。

「要不然，我就留在原地繼續埋伏。」

「那可不行，現在時間這麼晚，更何況是在這種地方。」

相崎轉動方向盤時說道。

「我無所謂啊。」

「就算妳無所謂，問題是男人——」

「會動歪腦筋嗎？」

「嗯，是啊……」

停頓了一秒後，副駕駛座上傳來愉快的聲音說：「那倒是。」

車頭剛駛出縣道，就看到一群騎腳踏車的人從縣道轉入。那是在醬菜工廠上晚班的七個工人，他們要回經過官舍前，繼續往前五百公尺左右的南大杉社區。一一〇通報狂的黑框眼鏡男也在其中，但他似乎對行駛中的車輛沒有興趣。

相崎沿著縣道全速往回開了一公里左右，然後急急忙忙把車子停在路旁，衝進放滿電話交友廣告，幾乎已經變成電話交友服務中心的電話亭。

《縣民新聞社會部，你好。》

電話中傳來社會部長的聲音。

「我是相崎，請問你找我嗎？」

《嗯？我沒找你啊。你等一下。》

幾秒鐘後，電話中又傳來部長訝異的聲音。

《沒有找你喔。》

「是不是哪裡發生了什麼重大事件？」

《沒有，只有交通事故和火災而已。」

相崎鬆口氣的同時，內心對並沒有發生重大事件，也不是有事要找他，呼叫器卻響起一事產生疑問和憤怒。

「會不會是赤石主編找我？」

《赤鬼負責晚報，早就回家了。》

相崎感到洩氣。赤石主編白天命令他夜訪，說什麼「今天晚上一定要問出凶手是誰」，自己卻先下班回家了……而且赤石主編就住在和醬菜工廠的七人組相同的南大杉社區，早知道主編已經回家，就去主編家借電話，埋伏的空檔就可以減少五分鐘。

相崎一掛上電話，又打電話去縣警的記者室。

甲斐立刻接起電話。

《嗨，怎麼了？》

「你有沒有打我的呼叫器？」

《你在夜訪，我怎麼可能打你的呼叫器？》

「也對，那就先這樣。」

相崎用力掛上電話，跑回車上。被擺了一道。他恨得牙癢癢的。

「有什麼狀況嗎？」

「沒有，八成是時報在搞鬼。」

相崎粗暴地把車子掉頭，咬牙切齒地說。

「有一個記者很惡劣，專門打其他報社記者的手機和呼叫器，或是半夜去垃圾桶翻別人作廢的文章。」

相崎幾乎沒有踩煞車，就轉過「恩愛賓館」的轉角，把車子駛入賓館後方的泥土路，然後按部就班地調整後視鏡，讓已經看膩的玄關出現在後視鏡中，接著跑向股長的官舍。

石粒——還在門把上方。他拿下石粒，轉頭對車上做出OK的動作，副駕駛座上的黑影跳了起來。

『繼續埋伏·零點十分（十七分鐘的空白）』

後視鏡中沒有變化，客廳的溫暖燈光浮現在黑暗中，似乎顯示股長太太和平時一樣，正在準備睡前酒。

5

重新開始埋伏已經五十分鐘，沒有其他報社的記者出現，也沒有出現需要相崎和智子再表演恩愛的狀況，當視神經快要受不了時，車頭燈從縣道轉進來。

「終於……」

副駕駛座上傳來幾乎像是囈語的聲音。

相崎沒有回答，凝視著後視鏡。那是熟悉的機動鑑識班廂型車，深夜時，就成為接送車，輪流送偵查幹部回家。廂型車的側門打開，身穿西裝的高大身影從車上走下來。大信田股長回家了。剛好是凌晨一點。

廂型車離開的同時，相崎衝過去。

股長伸手準備按門鈴時，他在背後叫道：「股長。」那張像岩石般的臉轉向他，在黑暗中定睛看過來，並沒有很驚訝。

「喔，原來是縣民的年輕王牌記者。」

股長的心情很不錯。相崎憑直覺發現了這件事。

「可以打擾幾分鐘嗎？」

「並沒有明顯的進展啊。」

雖然股長打了預防針，但沒有趕人，臉上還露出一個月都未必能夠看到一次的笑容。不需要懷疑，老婦人命案的偵查工作已經接近尾聲。

門內傳來金鐘兒發出的「嘰哩哩、嘰哩哩」的叫聲，股長忍不住豎起耳朵。相崎立刻把股長拉回來。

「我不會久留，只想請教一個問題。」

「什麼問題？」

股長的表情顯然在說，他想趕快進屋洗個澡上床睡覺。

「你只要回答我對或是不對就好，凶手是芭蕾學校的田所昌子校長嗎？」

股長沒有任何表情。

一陣沉默。

「不知道。」

股長回答得太慢。中了。現在還來得及把這則新聞塞進早報。

「謝謝股長。」

「喂，等一下，要不要進來坐一下？」

股長顯然發現自己在無意中證實了相崎的猜測，顯得有點著急。

「我今天晚上沒有來過這裡，也沒有遇到你，這樣可以嗎？」

相崎側著身體說。

「你先等一下，我不是想拖延你的時間，你可以用我家的電話發稿，問題是——昌子校長跑了。」

相崎屏住呼吸，然後吐氣的同時問：

「遠走……高飛？」

「明天下午會發出通緝，所以千萬別在早報上直接寫名字。就寫『已鎖定嫌犯就是在現場附近的M子』，你覺得怎麼樣？」

「可以寫年紀嗎？」

「可以，沒問題。」

既然這樣，相崎就沒有理由反對。縣民新聞在警方發布通緝令之前，就知道誰是凶手——只要讓讀者，不，只要讓其他報社的記者知道這件事就足夠了。相崎注視著股長的眼睛點點頭。

「好，那就按照我們剛才說好的，你可以用我家的電話，電話就在玄關。」

股長按了官舍的門鈴。

沒有人應門。門內靜悄悄的，就連金鐘兒也安靜下來。「睡著了嗎？」股長說完，又按了一次門鈴。屋內完全沒有動靜，客廳的燈還亮著。

股長有點尷尬地看向相崎，從西裝內側口袋拿出鑰匙，插進鑰匙孔。轉動門把，打開門，視線所及一片橘色，鞋櫃和電話架頓時映入眼簾。相崎想要跟著股長走進屋內，卻被他高大的後背擋住。

「股長？」

「……」

股長的後背一動也不動。

不知道為什麼，相崎產生不祥的預感。

他踮起腳，向屋內張望。看到一個女人倒在短得有點可憐的走廊盡頭的客廳地板上，髮捲還留在頭髮上。卡在脖子上，拉得很長的絲襪所反射的日光燈燈光看起來就像漣漪，女人瞪大的雙眼心有未甘地看著半空中的某一點。

加奈子太太被殺了。

不可思議的是，相崎並沒有感到恐懼，他所有的感情都停止了。不，潛意識內有無數微小的感情在起伏。這些微小的感情在加速的心跳下聚集在一起，變成一個意想不到的單字湧現腦海。

遊戲。

沒錯，就是遊戲。

這種想法很荒誕。這兩年來，不眠不休地採訪各種刑案的工作只是遊戲，所謂前人的智慧或是傳統，都只是為了享受遊戲的工具。

每一起殺人案都有屍體。

相崎第一次發現這件理所當然的事。

6

不知道是五分鐘，還是十分鐘後。

股長抱起一臉睡迷糊的兒子。相崎看到這一幕後，回到車上。

他以因目睹慘劇而變得沉重的聲音對著副駕駛座說明情況，智子跳了起來。

「不會吧？怎麼可能有這種事？我們不是一直守在官舍外嗎？」

「一定是我們去打電話時發生的。」

這是他走回車上的十幾步路期間得出的結論。

智子露出挑戰的眼神注視著相崎問：

「不是還在嗎？你打電話回來之後，石粒不是還在嗎？」

相崎有一種走路輕飄飄的不踏實感。

沒錯，沒有人轉動那個門把，窗戶也沒有被人打破的痕跡。

「我們去赤石主編家。」

無論是不是遊戲，現在不能丟下不管。相崎拉起座椅，發動引擎，打了倒車檔。

這裡離赤石家很近。車子很快經過碎石子路，駛入休耕田的田間道路，經過小學旁，繞過正前方神社的樹林，前方突然出現柏油路，南大杉社區就出現在右前方。在T字路口左轉第二棟房子，車子差一點駛過頭，他慌忙踩下煞車。

相崎下車後跑進院子，兩層樓房子所有的燈都熄了。

他按了門鈴。四次、五次……屋內沒有人應答，只聽到金鐘兒的叫聲。這個聲音讓他想起股長太太死去的臉。下一剎那，玄關的燈啪地亮起，毛玻璃內出現一個身穿裙子的嬌小身影。那個身影小聲地問：

「請問是哪一位？」

「我是相崎，不好意思，這麼晚來打擾，請開一下門。」

「是報社的相崎先生嗎？」

「對。」

大門打開，麻美太太緊張地探出頭。後方傳來彷彿是性格寫照的急促腳步聲，身穿睡衣的赤石主編走出來。

「發生命案了，大信田股長的太太在官舍被人殺害了。」

赤石嚴肅的臉漸漸漲紅，變成像他綽號的面相。

「犯案手法？」

「絞殺，用絲襪絞殺。」

麻美太太彎下身體把鞋子放好，相崎忍不住看向她的膝蓋。

「好，趕快通知報社。」

赤石好像地鳴般的聲音，似乎吹響新遊戲開始的號角。

赤石把貼了「測試用」貼紙的衛星電話遞到相崎面前，自己抓起家中的電話，命令攝影師趕快前往現場。

相崎在腦海中構思好二十行左右的稿子，沒有打草稿，就直接用電話向報社發了「官舍命案」的第一篇稿子。時間、地點、被害人、屍體狀況……金鐘兒叫個不停，好像在傳達股長太太的怨恨不甘。

「結束之後，趕快回去現場，瞭解相驗和鑑識的情況。」

赤石張開雙腿站在那裡下達指示。相崎向驚慌失措的麻美太太鞠躬，拿著衛星電話跑回車上。回到遊戲中。他的胸口感到隱隱作痛。

7

現場完全變了樣。

不計其數的偵查車的紅色燈光大排長龍，到處可以聽到殺氣騰騰的偵查員大聲說話的聲音。

相崎——有一半的角色是離官舍最近的事件關係人，另一半是奉命來採訪新發生命案的記者。一名又一名偵查員走進官舍，但沒有看到股長的身影。他陪在屍體，不，他陪在太太身旁。

一個男人從官舍走出來，削瘦的身體讓人聯想到枯樹。他是驗屍官倉石。倉石一臉凶相，而且渾身散發出一種危機感，於是記者就把他的姓氏，和他姓氏發音「Kuraishi」很像、代表危機的英文「crisis」結合在一起，稱他為「危機倉石」。雖然去官舍找他，他很平易近人，但今天晚上渾身散發出「危機」的味道，讓人無法靠近。他手上拿了一個塑膠昆蟲箱，裡面該不會就是剛才在玄關發出叫聲的金鐘兒？

「別在那裡發呆！」背後傳來智子的聲音。

「案情好像不單純，你看二樓。」

原來是二樓右側的房間。隨著月牙鎖打開的聲音，紗窗打開，幾個手拿鑑識器材的警察探出頭。接著，智子又指向左側房間的窗戶，那個房間的燈打開，窗簾前有幾個人影。

「那是最後一扇窗戶。我一直看著他們，無論客廳、小孩子房間、後門和浴室的窗戶都鎖著。」

最後的窗戶。窗簾拉開，傳來月牙鎖打開的聲音。

「全都上了鎖……」

「沒錯，官舍所有的門，所有的窗戶都從裡面上鎖，但股長太太在屋內被殺。」

噗通。心臟用力跳動。

「難道……」

「你說對了，就在我們監視之下，發生了密室殺人。」

「太荒謬……」

「哪裡荒謬？這是你製造的密室。」

「我製造的……」

「你先別緊張。」智子制止相崎，拿出不知道什麼時候帶出來、夾在腋下的夜訪筆記翻了起來。白皙的手指在「赤石」的檢閱章上下移動，猛然停下來，指著筆記上寫的內容。

「就是這裡——最後來夜訪的是牛郎皆川，他在十一點半離開。那時候股長太太還活著，股長在凌晨一點回來，她在這一個半小時內遇害，就在我們監視的官舍內遇害。」

「但是……」

「沒錯，可能是我們去打電話的十七分鐘內被人殺害，這種情況比較自然，但是，你製造了密室，放在門把上的石粒維持著密室。」

相崎感到口乾舌燥，但勉強吞著口水，指著官舍的玄關。

「那個玄關的門，只要先按下內側的鎖頭，再關上門，就會自動上鎖。」

「但是凶手出來的時候，不是會從內側轉動門把嗎？為什麼石粒沒有掉下來？」

「可能只是剛好沒掉下來。」

智子無視他的發言說：

「相崎，你一直看著後視鏡嗎？」

「對啊。」

「有沒有打瞌睡？」

「沒有。」

「如果是這樣——」

智子正想要說下去時，身後傳來叫聲。

「你們兩個人。」

幾名便衣警察站在那裡，他們就是在「第一波」時看到相崎和智子「親熱戲」的制服警察，此刻正站在他們身後。想必他們聽說發生命案後，慌忙向上面報告了紅色輕型車的車牌，剛才收到車牌照會中心的回覆，得知「車主是甲斐智子」這件事。

8

凌晨三點二十分。

縣警總部大樓融入夜色中。相崎和智子被帶到鋪設厚實地毯的刑事部會客室。搜查第一課的高嶋課長，和持田代理指導官面色凝重地坐在沙發上。相崎有點畏縮，但智子老神在在，在對方的示意下，在沙發上坐下，相崎也跟著她坐下來。

「嗨，相崎。」

高嶋瞇起眼睛，語氣溫和地向他打招呼。

「不好意思啊，還麻煩你們特地跑一趟。」

高嶋向來不把年輕記者放在眼裡，八成是因為眼前的狀況，第一次知道相崎的名字。

「我已經把所有情況都告訴重案股的主任了。」

剛才在東部警局的硬板凳上坐了一個小時，重複好幾次相同的內容。原本以為會永無止境地持續下去，沒想到突然接到通知，要求他們來縣警總部，於是在主任憤恨的眼神目送下來到這裡。

「我們想當面詢問情況，畢竟這次是我們同仁的家屬遭到殺害。」

相崎完全能夠理解。他點點頭，翻開夜訪筆記開始說明。剛才已經向主任說明好幾次相同的內容，因此不假思索地開始。

相崎說完之後，高嶋用筆尾按著自己的眉心，抬眼看著相崎問：

「你有沒有看到關門的手？」

「手？」

「就是每朝新聞的皆川他夜訪離開的時候，你剛才說『皆川離開後，門從裡面拉起關上了』。」

「對啊。」

「我想知道，當時你有沒有看到股長太太關門的手？」

相崎立刻知道皆川目前正在偵訊室接受偵訊。警察當然不可能相信密室殺人，八成認為牛郎皆川因為感情糾紛殺了股長太太，在內側按下鎖頭後，把門關上。

「怎麼樣？你有沒有看到？」

相崎不知該如何回答。他並沒有看到手，但門的確是從裡面拉起關上的。

「的確是從裡面關上的。」

「手呢？」

「……我不記得了。」

高嶋和持田同時靠在沙發上。

「請問——」

智子似乎早就在等待這一刻，她開口。

「你們不能光問我們，也要向我們透露一點消息。」

高嶋似乎很驚訝，尷尬地清清嗓子問：

「透露什麼？」

「股長太太大致的死亡時間。」

高嶋冷笑一聲說：

「在解剖之前，還無法……」

「那請告訴我們股長太太直腸內的溫度，現場應該已經測量過了。」

「降低了四度。」

聲音從後方傳來。轉頭一看，發現倉石驗屍官抱著雙臂站在那裡。

「測量的時間呢？」

智子繼續追問。

「凌晨一點半。」

「倉石——」

高嶋大聲喝斥，但已經來不及。在目前這個季節，在死亡之後，腸內體溫大約每個小時降低兩度。既然是在一點半測量體溫，死亡時間應該就是兩個小時前的晚上十一點半左右，剛好就是皆川離開官舍的時間。相崎明白了警方懷疑皆川的根據。而且還有另一個重點，那就是命案是在相崎去打電話之前發生的。相崎他們一直守在官舍前，凶手是怎麼進入官舍，又是怎麼離開的？不，搞不好真的是皆川——

「如果問夠了，就請回吧。」

倉石說。他的神情似乎認為已經用自己的方式答謝了他們協助偵查，或是有比驗屍結果更重要的事要報告。

9

時報的花園愛在縣警總部大樓的玄關等他們。她肆無忌憚地打量著智子，然後用她擅長的嘲諷語氣問：

「聽說你看到我去夜訪？」

她的下一句話也很奇特。

「我們來交易。」

「交易什麼？」

「沒錯，你告訴我你看到了什麼，我就把夜訪時和股長太太的聊天內容告訴你。」

「和股長太太的聊天內容？」

「不行不行，你要先說。」

相崎拒絕和她交易。雖然他自認為已經克制對遊戲的嫌惡，但他不想和對遊戲樂在其中的同行合作，最重要的是，他現在睏死了。

東方的天空已經泛白。相崎回到車旁，打開車門。這時突然想到一件事，轉頭看向後方，果然不出所料，智子正在和花園愛說話。

相崎放下座椅，閉上眼睛。

雖然已經知道行凶時間……但是守在官舍前的相崎和智子，為什麼完全沒有聽到動靜？行凶手法是絞殺……凶手可能突然從背後攻擊，股長太太根本來不及發出聲音……有這個可能。

智子一屁股坐在副駕駛座上，趕走陪伴著相崎的睡魔。

「那個女生說話實在太尖酸刻薄，不過我問到了股長太太跟她聊了什麼。」

「聊了什麼？」

「股長太太對那個女生說：『傍晚的時候，接到無聲電話，真是太可怕了。妳是不是也一個人住？那千萬要小心一些奇怪的人。』——怎麼樣？」

相崎無法判斷是否值得驚訝。

「我聽了之後恍然大悟，我們原本一直從牛郎皆川出現之後來考慮這起事件，但我認為應該追溯到更早之前。不，我不是光指時間，該怎麼說，要更大、更廣的角度來看案件整體——」

睡魔再度增強魔力。

「我們是這起事件的關係人，必須從客觀的角度看我們的行動，這樣才能看到事件的全貌。」

10

縣民新聞的「官舍命案前線採訪基地」就設在赤石主編家中。

相崎小睡一個小時。他完成晚報的稿子，抵達主編家時已經過了中午。赤石主編和其他記者同事都不見人影，只有麻美太太站在廚房，默默做著飯糰。今年剛上小學的和夫緊緊抓著麻美太太的圍裙下襬，另一隻手想要從冰箱拿牛奶。

相崎向他們打招呼，但是被剛好經過上空的採訪直升機巨大的聲音淹沒。智子拎著超市袋子穿越走廊，把袋子和找零的錢交給正在廚房的麻美太太。她摸了摸和夫的頭，向相崎使了眼色，示意他走去玄關。

「睡得好嗎？」

「還好。」

「有沒有什麼變化？」

「皆川被釋放了。」

「當然啊，牛郎皆川是清白的。」

智子很乾脆地說，相崎忍不住感到驚訝。

「為什麼？」

「你也看到了，他去股長官舍，股長太太迎接他時，拆下髮捲，但是屍體的頭上不是有髮捲嗎？」

「啊……」

死人不可能為自己上髮捲。這代表皆川離開時，股長太太還活著，在重新捲好髮捲後被殺——

相崎反射性地用質問的語氣問：

「那妳昨天晚上為什麼沒有提這件事？」

「那是因為我想給他一點教訓，想要靠臉蛋打聽消息的男人，在小房間裡稍微反省一下比較好。」

相崎只能點頭。

「我也很想去夜訪。」

「啊？」

「就是昨晚那個姓倉石的人，我覺得和他應該合得來。」

相崎忍不住想，如果倉石和智子聯手，恐怕可以解決日本所有懸而未決的案子。

「啊，不行啦，妳不能去夜訪，那才真的是危機四伏。」

「什麼意思？」
「沒有啦，因為倉石先生有許多緋聞……」
「沒想到你當真了。我才不去呢。對了，你想過了嗎？就是我說的從客觀角度看問題。」
想是想過了，但是完全想不出頭緒。
「我一直在想這個問題，然後發現了一件事。從客觀的角度看問題，其實就是思考自己的角色。」
「角色……什麼角色？」
「就是在這起事件中所扮演的角色啊。」
「妳是說石粒的事嗎？」
「這當然也是原因之一，但並不只是這樣而已——」
接下來的話消失在空中。
熟悉的鐘聲隨風飄來，不知道是上課鐘聲還是下課鐘聲。不一會兒，聽小孩子歡快喧鬧的聲音。智子轉頭看向聲音傳來的方向，被風吹起的頭髮遮住她的臉。
相崎倒吸一口氣。
智子瞪大眼睛，然後愣在原地不動。她的眼眸顯示她發現重大關鍵，因此而感到戰慄。

學校的鐘聲。小孩子的歡聲。

相崎也產生了同樣的感受。

他們同時回頭看向廚房。讀一年級的和夫仍然抓著麻美太太的圍裙，麻美太太穿著絲襪的小腿肚微微發亮。

「辛苦了！」

身後傳來赤石主編的聲音。

相崎和智子並沒有回頭。

因為他們看到了——他們看到了自己在事件中所扮演的角色。

11

兩天後，赤石因涉嫌殺人被逮捕。

相崎和智子當時也在場。雖然他們曾經勸赤石自首，但赤石聽不進去，結果偵查員就拿著逮捕令上門。赤石沒有抵抗，只對相崎說了一句「這篇報導你來負責」，然後就坐上警用車的後車座。

官舍命案是遵循「前人的智慧和傳統」的遊戲。

案發當天，赤石早班下班後先回到家中，然後走路去了股長的官舍。他偷偷溜到屋後，用從報社帶回來的衛星電話撥打股長家的電話，然後完全沒有出聲。他趁股長太太走去玄關接電話時，從後門溜進屋，上了二樓，躲在壁櫥內。他一動不動地在那裡躲到深夜。只有曾經創下九個小時最長監視紀錄的赤石，才能夠想到這種計畫。

相崎按照赤石的指示，前往股長家夜訪，然後埋伏在門外。赤石躲在壁櫥內等待「那一刻」。他身為主編，必須確認夜訪筆記，他當然知道股長太太和皆川的傳聞，因此他躲在那裡等待皆川上門夜訪。當皆川喝完股長太太泡的咖啡離開官舍後，赤石立刻下樓殺害了股長太太。

接著，他用衛星電話撥打了相崎的呼叫器。他連續打了兩次，當相崎以為發生了重大新聞事件，跑去公用電話時，赤石打開了玄關的門鎖，但從後門走出官舍。赤石繞到玄關，收好門把上的石粒。進入官舍後，鎖上後門，經過走廊，再從玄關逃走。赤石在離開之前，他按下內側門把上的鎖頭，接著再關上門，門就會自動鎖住，然後把石粒放回門把上，就完成了密室。

這個遊戲無懈可擊。

但是，之後卻露出幾個破綻。

相崎和智子得知股長太太遇害後，急忙前往赤石家。赤石家一片漆黑，赤石衝出來時穿著睡衣，但麻美太太穿著裙子，還穿著絲襪。她可能隱約察覺到丈夫做的事，內心感到不安，也很害怕，因此沒有換上睡衣，一直沒有上床睡覺。

相崎和智子是在赤石家發現這起命案的背景。學校的鐘聲和小孩子的歡聲……那天並不是假日，但和夫卻在家裡，沒去上學。他並不是因病躺在床上休息，而是在廚房黏著麻美太太。於是相崎就去向和夫學校的班導師打聽，得知和夫遭到股長兒子豐的嚴重霸凌，因此一直拒學。

赤石供稱，股長太太稱上門夜訪的記者是「蒼蠅」，罵他們是整天嗡嗡叫吵死人的蒼蠅。豐受到股長太太的影響，說什麼「蒼蠅的孩子就是蛆」、「蛆就該去吃大便」，每天都逼迫和夫在地上爬。和夫從小就體弱多病，好不容易治好異位性皮膚炎，又發生哮喘，經常必須跑醫院，但他總是一臉喜悅地說：「學校很開心。」

所以我決定殺了她。赤石供稱。我打算殺害股長太太，讓他們的兒子體會極大的痛苦，最後付諸行動。

上司是殺人凶手，自己負責寫相關的報導。相崎認為自己清楚瞭解到記者工作絕對不是遊戲的另一面，同時做好心理準備，有朝一日，可能必須寫和自己的父母兄弟，或是朋友有關的報導。

只是他無法理解一件事。

警方為什麼知道赤石是殺害股長太太的凶手？

偵查員突然闖入赤石家中。當時警方還不知道霸凌的事。警方到底掌握了什麼線索——相崎忽地想起倉石驗屍官拿在手上的金鐘兒。

智子為了搞清楚這件事，真的去倉石的官舍「夜訪」。智子雖然說倉石很難纏，顧左右而言他，但是心情看起來特別好。她說從倉石口中只問到金鐘兒的生態。金鐘兒喜歡黑暗的地方，適應性很強，適應環境之後，只要有微小的動靜，就會叫不停。即使好不容易停下來，很快又會再叫——

命案發生的那天晚上，股長一按官舍的門鈴，金鐘兒就不叫了，之後就沒有聲音，可見金鐘兒被放在玄關才不久。倉石可能認為，凶手事先送金鐘兒去股長家，想藉機進入屋內探知官舍內的電話放在哪裡。這次的命案發生後，大家才得知一件事，某縣的記者之間有一個專有名詞，稱為「金鐘兒外交」。上門採訪時，會帶伴手禮給對方。如果是酒或是職棒比賽的門票，對方會心生警戒而不敢收，但如果送金鐘兒，通常都會收下。倉石可能之前就知道這件事。

如果赤石果真送了金鐘兒去股長家，為什麼事成之後沒有把金鐘兒帶走？相崎產生這個疑問。即使沒有犯下在昆蟲箱留下指紋這種疏失，通常也不願意遺留任何東西在被害人家中。難道赤石找過，卻沒有發現放在哪裡嗎？雖然相崎聽到金鐘兒的叫聲，但不記得在玄關看到昆蟲箱。犯案時的動靜和腳步聲，讓金鐘兒不再發出叫聲。而且赤石沒有充裕的時間，如果磨磨蹭蹭，相崎就會回到官舍前，因此赤石沒有找到。

昆蟲箱到底在哪裡？

在鞋櫃裡。這是目前的結論。借用倉石的話，金鐘兒喜歡黑暗的地方。股長太太可能知道這件事，或是不喜歡赤石的「金鐘兒外交」，於是把昆蟲箱放進鞋櫃。即使如此，仍然有很多不解之謎，最令人不解的是，自從智子和倉石見面之後，就完全不和相崎聊案件的事，倉石到底對她施了什麼魔法？

事件發生至今已經十天，得知在赤石家的簷廊扣押飼養金鐘兒的昆蟲箱的消息。至今仍然不知道赤石是否真的送了金鐘兒去股長家，也不知道赤石和以前「縣警之花」的股長太太之間到底發生過什麼事。由於自家報社的主編是殺人凶手，有鑑於事態的嚴重性，縣民新聞在這起事件的報導過程中，暫時停止夜訪。

盆栽女

1

他的吻簡直是魔法。

在嘴唇和嘴唇碰觸的瞬間，不，只要想到嘴唇即將碰觸在一起，就瞬間產生淫蕩的電流，刺激全身感官，興奮貫穿整個身體，整個心都為此感到酥麻。全身無力，頭暈目眩，難以用言語形容的陶醉。如果沒有他，我根本活不下去，沒想到——

這半個月來，他的手機都打不通。也曾主動打電話給他，但都轉入語音信箱。他想甩了我嗎？還是他另結新歡了？

裕子顧影自憐地沿著公寓戶外樓梯上樓。冬天加快腳步來臨，無情的北風打在她的臉頰上。

不可以沒有聯絡就上門——問題是根本聯絡不到他。裕子違反和他之間的約定，用備用鑰匙打開門。晚上十一點。裡面六張榻榻米大的房間亮著燈。她躡手躡腳，輕輕打開紙拉門。好溫暖，簡直有點太熱了。牆上的空調開著，他躺在小型雙人床上發出均勻的鼻息。沒有女人，至少現在沒有——

玻璃茶几上有一盆一串紅。那是裕子從早市買來送他的禮物。五、六片鮮紅色的花瓣掉在桌子上。

——不會吧。

這個房間溫暖得好像南方城市，花為什麼會凋零？兩個星期前，這盆一串紅還嬌豔欲滴，好像在歌頌降臨這個世界的喜悅，如今花瓣已經掉落，彷彿在宣告愛情的結束。

負面的直覺總是百發百中。

床頭枕邊的菸灰缸內有確鑿的證據。菸灰缸內的菸蒂山中，其中一根的濾嘴被染紅了。鮮豔的紅色讓一串紅也相形失色。那是對自己的美貌充滿自信的女人才會毫不猶豫擦在嘴唇上的口紅顏色。那兩片鮮紅的嘴唇碰觸他像絲綢般柔滑的嘴唇，充分享受他淫蕩而甜蜜的魔法親吻。

雙腳失去知覺，如墜深淵。裕子癱坐在地板上。失魂落魄、萬念俱灰，她甚至沒有力氣哭泣。

她伸手拿起茶几上的玻璃杯，仰頭喝完杯中還剩下三分之一的威士忌。她嗆到了。轉過頭時，在黑暗的窗玻璃上看到自己的臉，她不禁發出小小聲的尖叫。老太婆。光的陰影讓她看起來像老太婆。

四十五歲……身為女人的時間所剩無幾。她看向他熟睡的臉，忍不住再次意識到，他渾身散發出雄性魅力，無論走在路上，還是上酒店，都會讓女人動心。他怎麼可能真心愛上自己這個在交友網站上認識，年紀比他整整大一輪的女人。

晚上十一點半……該回去了。婆婆這十八年來，一直說要抱孫子。媽寶丈夫至今仍然只喜歡吃他媽做的菜。他每次上床，簡直就是在貫徹荻野式避孕法，毫無激情，冰冷的身體趴在裕子身上。多年來，一直強迫裕子一個人接受不孕治療。沒必要了。自己為什麼無法對丈夫說這句話？工具、人偶、奴隸。即使如此，自己仍然必須回那個家嗎？

午夜十二點……末班車已經開走。她注視著他的睡臉。他今晚可能喝了很多酒，睡得很沉，也許是新歡讓他精疲力盡。午夜一點……一點半……她淚流不止，已經分不清是悲傷還是不甘心。

午夜兩點……裕子從皮包底拿出一個小藥瓶，藥瓶內有一顆膠囊。那是她在網路上買到的氰化鉀。如今這個時代，竟然可以買到這麼危險的東西……有朝一日，把這顆膠囊吞下去。她曾經有過這個念頭，也曾經狠毒地想像，要用在丈夫和婆婆身上。要讓這個男人只屬於自己——現在覺得當初就是為此才買了這顆膠囊。

新歡……適合擦鮮紅色口紅的女人……並不是小女生，而是成熟的女人。自己根本不是對手。無論再怎麼掙扎，也不可能讓他回到自己身邊。年老色衰的中年女人，除了死纏爛打，沒有其他招數的女人。因為害怕皺紋，不敢在他面前露出笑容的女人……

裕子把膠囊含在嘴裡，用膝蓋爬上床。他的臉就在眼前。

——對不起，我不想讓任何人吻你。

裕子閉上眼睛，把臉靠過去，然後嘴唇也湊過去，可以感受到他的呼吸。來了，喚醒感官的微電流。身體深處的火花燃起。令人神魂顛倒的快感在體內奔竄，貫穿身體，身心都漸漸酥麻。交往只有短短半年，但她覺得那是一場無可取代、這輩子唯一的戀情。他是自己在這個世界上唯一深愛的男人。他甚至曾經對自己說，妳很可愛。

——陪我……可以嗎？……拜託……

裕子的嘴唇貼著他的。

嘴唇碰觸到他的嘴唇時，感覺到輕微的疼痛。她同時用臼齒咬碎膠囊。後腦勺感受到一陣好像雷擊般的衝擊，她感受到意識漸漸遠離的同時，把唾液餵進他的嘴裡。

這是臨終的深吻——

致死量的氰化鉀進入兩個人的體內。他的四肢像鐵棒般繃緊。裕子緊緊抱著他的身體。她知道。她也發生了相同的狀況。體內彷彿有一個巨大的怪物，張牙舞爪，噴著火焰，瘋狂地在體內亂竄。在痛苦失神之際，不，因為實在太痛苦，已經無法感受到痛苦時，裕子看到不可思議的景象。

枕邊的菸灰缸……濾嘴上的紅色口紅……不，並不是紅色，而是葡萄酒色……不，更像是深棕色……口紅的顏色變了。為什麼……？

在斷氣的瞬間，裕子明白了原因——但是，沒關係。這樣也好。她這麼告訴自己。和他雙唇緊貼而死。往後的人生中，不可能有更幸福的死法了——

2

天亮之後，北風仍然呼嘯不已。

上午十點。驗屍官輔佐一之瀨來到死亡事件現場。

死者。男——筒井道也，三十三歲，旭日電力L工廠製品管理股長，隻身來此地工作，妻兒都留在東京。

死者。女——小寺裕子，四十五歲。在量販店打工當事務員，和丈夫、婆婆一起住在山根市區。

清查兩名死者身分後，就知道了事件的大致情況。這對男女是雙方都有家庭的雙重外遇，由於感情無法有圓滿的結果，決定殉情。但是——

一之瀨排除預判，專心相驗屍體。今天他比平時更加緊張，也更加賣力。今天的相驗是「倉石學校」的畢業考試，必須完美無缺，在倉石調查官抵達之前，要搞清楚這個房間內發生的所有事，絕對不允許任何疏失。他帶著這樣的心情面對今天的案件現場——這都是因為三天前，搜查一課的高嶋課長找他，私下徵詢他是否願意去警察廳。

高升——

一之瀨排除雜念。

筒井道也的屍體仰躺在床上，死狀悽慘，維持死前的痛苦樣貌。小寺裕子橫倒在床邊的地上，她的表情很平靜，甚至感覺帶著一絲微笑。兩具屍體除了表情不同，其他現象都極其相像。臉部和屍體都是鮮紅色，口腔和嘴唇都嚴重潰爛，嘔吐物發出獨特的杏仁味。剛才要求鑑識人員進行氰化物試驗，果然不出所料，兩個人的口唇都檢驗出強鹹性附著物。

這起案件顯然是使用氰化物的殉情案，問題在於無法確定是否在雙方合意基礎上的殉情。筒井身穿代替睡衣的運動服，但裕子仍然穿著通勤服裝，而且也沒有這類事件中很高機率會留下的「最後交歡」痕跡。裕子右胸上方留下雞蛋大小的瘀痕，考慮到裕子死在床下這一點，不難推測是筒井在痛苦之際，一把推開裕子。

小寺裕子單方面設計的強迫殉情——這就是一之瀨得出的結論。

轄區警局的刑警接連回報的消息，證實這個結論。調查裕子在公司使用的電腦後，發現曾經登入秘密販售劇毒品的地下網站。昨天晚上十一點左右，公寓住戶看到她進入這個房間，而且她當時看起來很苦惱。

筒井曾經和公司的同事聊過和裕子之間的關係。在交友網站搭上半老徐娘的有夫之婦，原本只想玩玩而已，沒想到對方動了真情，他因此煩惱不已。如果現在提出分手，不知道她會做出什麼事。只能保持距離，慢慢讓對方冷靜下來，希望可以在回東京總公司之前，解決這件事——

這些線索讓一之瀨滿意的同時，也令他感到痛苦。他太瞭解筒井這個男人的冷酷無情。想斬斷外遇關係……一之瀨以前曾經有過和筒井完全相同的想法。

筒井打算把「回東京」視為轉機這件事，同樣讓一之瀨的心情無法平靜。調往警察廳刑事局這件事太吸引人，一旦自己答應，就可以從目前的警部升為警視，身價大漲，從此平步青雲。如果在不久之前，一之瀨一定二話不說答應。

他當然打算接受，但之所以推說要考慮一下家庭的情況，沒有立刻回答，就是他很在意直屬上司倉石的反應。

倉石以卓越的相驗實力為武器，在刑事部內自成一派，向來拒絕他人的干涉。他經常滿不在乎地抗拒上司的命令，每每讓一之瀨感到痛快。他向來不畏懼失敗，在體制內戰戰兢兢地一步一步向上爬的一之瀨眼中，倉石完全憑能力說話的生存方式帶給他一次又一次衝擊。一之瀨在倉石手下兩年半，也曾經夢想不受體制的束縛，像倉石那樣當個獨行俠。但是——

在高層眼中，倉石當然被視為異類而不受賞識，尤其是自尊心很強，也曾經擔任過驗屍官的高嶋課長，對倉石的厭惡更是眾所周知。「你先別告訴倉石。」高嶋在徵詢一之瀨意願時，特別叮嚀了這句話。一之瀨覺得高嶋在逼自己表態——你到底會選擇倉石，還是和我站在同一陣線？

高嶋是在體制內權力中心平步青雲的「純種馬」，所有人都認為他將會在幾年之後，坐上部長的寶座。一之瀨已經下定決心，他終究無法像倉石那樣生活，他也很清楚，自己不可能把去東京的車票拱手讓給升遷路上的競爭對手，但是，在認識倉石之後，他對於只根據利害得失做出選擇感到羞愧；總之，他希望能夠抬頭挺胸地離開目前的職位，希望得到倉石的肯定，認為他已經畢業，是一位稱職的驗屍官——

「阿一，你在發什麼呆啊？」

一之瀨驚訝地轉過頭，看到倉石就站在他身後。倉石的臉格外浮腫，顯然昨晚喝了不少。一之瀨早晨打電話去官舍時，他不在家，手機的鈴聲響了好幾次，他才用一聽就知道還在睡覺的聲音接起電話。一之瀨當然不知道他昨晚睡在哪裡，他年輕時離婚，之後就一直單身，但一之瀨很清楚，想要照顧他生活起居的女人不止一兩個。

「這個房間簡直就像是夏天。」

倉石渾身散發出酒味，打量著室內。他這句話並不是代替打招呼，「現場七分，屍體三分」向來是倉石的驗屍哲學。

「空調一直都開著。」
「開幾度？」
「我進來的時候是二十六度。」
沒問題，並沒有任何疏漏。一之瀨這麼告訴自己，站在打量室內的倉石背後。
「現場並沒有打鬥的痕跡，雖然有幾朵一串紅凋零讓我有點在意，但並不是晃動導致掉落，花莖已經枯萎，應該是自然掉落。」
「嗯，看起來是這樣。」
「那個玻璃杯上同時有筒井和裕子兩個人的指紋，杯口也沾到裕子的口紅。」
「氰化鉀是混在酒裡面喝下去的嗎？」
「不，玻璃杯裡只有酒精，並沒有檢驗出氰化鉀——應該是直接咬碎膠囊狀的氰化鉀，研判是裝在掉在皮包旁的小藥瓶帶來這裡。」
倉石似乎也同意一之瀨的意見，他持續默默觀察，然後懶洋洋地轉動脖子，轉頭看著一之瀨說：
「說說你的見解。」
「是——」
一之瀨吞著口水。「倉石學校」的畢業考開始。

「我認為本案是小寺裕子強迫筒井道也殉情。裕子在昨晚十一點左右，使用備用鑰匙闖入屋內，趁筒井道也喝醉酒熟睡之際，口對口餵以膠囊內的氰化鉀，送入筒井體內加以殺害，同時自己也因氰化鉀中毒死亡。根據兩人的屍僵程度、體溫下降狀況、角膜的混濁程度，以及室內的溫度等進行綜合判斷後，推測死亡時間應為午夜兩點左右。」

倉石瞪著一之瀨說：

「這不是很奇怪嗎？」

「啊？」

「她十一點闖入，午夜兩點左右才死，那個女人在這三個小時內做了什麼？」

一之瀨腦袋一片空白。

我怎麼可能知道她做了什麼？這已經超越驗屍的領域。

「……不知道。」

「那你怎麼看待留有兩個人指紋的玻璃杯？」

「我認為是裕子喝下筒井剩下的酒。」

「為什麼？她在這裡逗留三個小時，認為他們一起喝酒不是更自然嗎？」

「杯口只有一個地方留下口紅的痕跡，指紋顯示裕子只拿起一次玻璃杯。」

一之瀨順利回答這個問題後，終於恢復鎮定。自己貫徹了「現場七分」的原則，在檢驗屍體之前，先徹底確認室內的狀況，即使是倉石，應該也挑不出任何瑕疵。

沒想到倉石又提出完全出乎意料的問題。

「為什麼是昨晚？」

「啊？」

「我在問你，那個女人為什麼昨晚動手。」

「因為……他們外遇導致糾紛……」

「我不是問你這個。按照你的說法，女人在房間內逗留三個小時，卻沒有把睡在床上的男人叫醒，既沒有提分手，也沒有發洩內心的不滿，就突然強迫對方殉情嗎？」

「這……」

一之瀨結巴起來。這種情況的確很不自然。

「怎麼了？你倒是好好解釋啊？」

「……會不會是他們之前已經談過分手？」

一之瀨情急之下提出自己的臆測。不，一定就是這樣，只是轄區刑警還沒有掌握這個消息。筒井之前向裕子提出分手，裕子拒絕，兩個人的關係交惡。如果是這樣，裕子一開始就打算逼迫筒井殉情，來到筒井家中後，猶豫再三，最後還是付諸行動。

這樣就可以合理解釋所有的情況。

倉石瞪大眼睛。

「不要隨便編故事！」

一之瀨愣住。他先是畏縮，但同時感到有一絲憤怒在內心抬頭。

為什麼在昨天晚上殺了男人？動機是什麼？犯案的導火線又是什麼？找出這些問題的答案，不是刑警的工作嗎？之前倉石說中了殺害相澤由佳莉的凶手，但並不是因為相驗屍體得出結論，而是開門的聲音。相驗屍體無法知道所有的事，今天的現場也一樣。判斷自殺還是他殺、死因、犯案狀況、推測死亡時間。一之瀨已經查明了檢驗屍體能夠確認的事實，但是倉石為什麼如此執拗地責備一之瀨？

——莫非他已經知道？

倉石可能從其他地方得知一之瀨調職的事，因此而不滿。他對高嶋課長建議一之瀨去東京很不爽，也對一之瀨沒有告知高嶋課長徵詢一事火大。原來是這樣。倉田可能覺得很沒面子。雖然假裝目空一切，但原來終究只是鳥肚雞腸的人。看到下屬高升非但不感到高興，反而惱羞成怒，把私人感情帶到相驗現場——

失望在一之瀨的內心擴散。

一之瀨注視著倉石的眼睛。

「調查官——不可能靠檢驗屍體知道凶手的犯案動機和導火線，調查官，我相信你比任何人更清楚這件事。」

「如果我知道呢？」

一之瀨瞪大雙目。

他知道？

倉石銳利的雙眼近在眼前。

「阿一——你是為誰在驗屍？」

「啊？」

「外遇殉情這種事的確不稀奇，這種狗屁倒灶的事時有所聞，但是，即使是不足為奇的人生，即使是爛透的人生，對當事人來說，也是不可重來的人生，不要打混，只要是在相驗中可以發現的事，都要徹底撈出來。」

一之瀨無法回答。

驗屍不夠徹底。倉石顯然是這個意思。和調去警察廳的事無關，倉石是對一之瀨驗屍後得出的結論感到生氣。

但是，到底……

「調查官——」

他的話還沒有說完，轄區警局的年輕刑警跑進來。

「不好意思！小田切市區的民宅發現不知道是自殺還是他殺的非自然死亡屍體，剛才搜查一課高嶋課長用無線電聯絡，希望調查官即刻臨場。」

倉石歪著頭納悶。

「你是說，一課課長已經在現場了嗎？」

一之瀨感到忐忑不安。

總部搜查一課課長比驗屍官更早抵達死亡事件現場。這種情況很少見，因為順序完全顛倒了。當發現無法確定是自殺還是他殺的屍體時，通常先由驗屍官臨場，只有在驗屍官判定是他殺時，一課課長才會前往現場。一課課長是刑事部的重要人物，必須指揮縣內所有重要事件的偵查工作，如果親臨所有自殺或意外死亡的現場，就會影響重要事件的偵查工作。

但是，搜查一課的高嶋課長目前在不知道是自殺還是他殺的非自然死亡現場等待倉石。

一之瀨認為高嶋在打什麼鬼主意。倉石可能也有相同的想法，他訝異地微微皺起眉頭，動作粗暴地拿起驗屍用的公事包。

早點告訴他比較好──一之瀨覺得背後好像被人推了一把。

「調查官。」

「什麼事？」

「高嶋課長徵詢我，願不願意調去總部。」

倉石看著一之瀨的眼中有一絲驚訝。倉石果然還不知道。

「這樣啊。」

倉石只說了這句話。

一之瀨帶著複雜的心情，目送著他乾瘦的背影走向寒風吹拂的門外。

倉石和高嶋之爭會對一之瀨的待遇和將來產生很大的影響。一之瀨並沒有對不起倉石，他反而把高嶋交代他不要說出去的事告訴倉石。一之瀨因此而不安，手心和額頭都冒著冷汗。

但是……

一之瀨回頭看向房間。

眼前是命案現場。

〈你是為誰在驗屍？〉

倉石已洞悉一切。

是為了自己。

——不，不只是這樣……

一之瀨吸一口氣。他深深吸氣，直到胸口幾乎發悶，然後一口氣吐出來，重新環顧室內。

大螢幕電視、附有傳真功能的電話、雙人沙發、月曆、檯燈、手提式錄放音機、手提包、藥瓶、玻璃茶几、玻璃杯、威士忌酒瓶、一串紅盆栽、菸灰缸、床，還有兩具屍體……

〈不足為奇的人生，爛透的人生。〉

〈不可重來的人生。〉

〈只要是在相驗中可以發現的事，都要徹底撈出來。〉

一之瀨終於意識到，這才是畢業考的考題。

但是，他完全不知道該如何著手。他覺得這個狹小的公寓房間，簡直就像是沒有地圖，也沒有標識的遼闊荒野。

3

這棟平房的民宿佇立在靜謐的神社後方。樓梯通往地下室，書庫內積滿灰塵，然後書庫內有一具男性屍體——

搜查一課的高嶋課長巡視完死亡事件的現場後，回到停在附近空地上的課長專用車後車座。轄區警局通報時，認定是「他殺」，但高嶋實際勘查現場後，發現好幾個否定這個推論的證據。

「倉石還沒來嗎？」

司機慌忙轉過頭回答：

「他已經離開那起案件的現場，應該很快就到了。」

「催他一下。」

雖然臨場的順序顛倒，但這並非恣意安排。如果是一眼就可以看出是他殺的事件，不需要找驗屍官到場判定是自殺還是他殺，一課課長會在第一時間趕到現場指揮偵查工作。轄區警局認為這起地下書庫死亡事件的現場就屬於這種情況。最初發現屍體的人、接獲報案後，趕到現場的派出所員警，以及轄區警局的刑事課課員，都認為是他殺，然後向總部通報。

不能怪他們，就連曾經有四年驗屍經驗的高嶋，起初也以為是他殺，不，為了以防萬一，目前仍然指示以他殺的方向展開偵查工作，接下來就看倉石的判斷。不知道那個傢伙看了這個現場後，會得出什麼結論。

高嶋的內心有一個念頭。

——撕掉他的偽裝。

雖然偵查指揮工作禁止摻雜私情，但是他不認為善加利用這次臨場順序顛倒的偶然機會算是違反職守。

高嶋回想起五分鐘前看到的現場景象，那是考驗驗屍能力最佳的現場。細長形的地下書庫大約七公尺寬，左右兩側的牆邊都是訂製書架，高達天花板的書架上放滿書籍和資料，天花板的燈只有一個燈泡而已，鐵門是唯一的出入口。書庫在地下室，所以並沒有窗戶。

今年五十八歲，自稱是鄉土史學家的上田昌嗣以身體微微前傾，蹲伏倒地的姿勢死在書庫中央。頭頂偏右側位置的皮膚有疑似鈍器造成的長達三公分撕裂傷，皮膚下方的顱骨也有輕微的龜裂。雖然在進行司法解剖之前還無法斷言，但死因應該是腦挫傷。在這個致命傷旁，有三處表皮剝落的地方，都疑似是鈍器造成的擦傷。屍僵都已解除，考慮到目前已是寒冷季節，研判死亡時間至少已經超過五天。書庫地面積滿灰塵，上田身上的毛衣背部，以及毛衣內的襯衫都沾到大量灰塵。

「凶器」就在屍體旁。那是三公斤重的啞鈴。像拳頭般隆起部分的其中一端有明顯血跡，但並未發現指紋。啞鈴旁有一塊白色男用手帕，上面沾到微量血跡。屍體前方有一支三色原子筆，地上有疑似用那支原子筆寫下的文字——

高嶋從懷裡拿出記事本翻開。就是以下的內容：

時間已然到來須藤薯蕷縱死恚恨仍難消

雖然採取十七字短詩的形式，但精通俳句的高嶋看了之後，只能露出苦笑。這十七個字應該稱不上是「川柳」或是「狂句」。上田原本在市公所住民課任職，提前退休後就投入鄉土史的研究工作，但從這首詩文造詣低劣的「短詩」來看，讓人懷疑他投入研究的水準。

姑且不論這些瑣事，轄區警局的偵查員看到地板上這行疑似上田所寫的文字，順理成章地認為是上田的「死前留言」。最前面的「時間已然到來」可以理解為死期逼近，「須藤」是指人名，然後直截了當地指出「縱死恚恨仍難消」。

轄區警局很快就查到「須藤」的身分。

四十二歲的須藤明代是小田為了賺零用錢開的「個人史教室」的學生，最近書寫個人史似乎蔚為風潮，明代每週都會去上田家一次，由上田指導她如何寫文章。長年單身的上田是公認的好色之徒，他自己也不否認，所以對明代的指導也並非只限於寫文章而已。偵查員立刻前往明代家中，打算詢問情況，但一看到她的臉便忍不住竊笑。因為明代皮膚黯沉、五官很不明顯的長相令人聯想到「薯蕷」，也就是山藥。

目前明代以主動到案說明的方式，正在轄區警局的偵訊室內接受偵訊。高嶋已經接獲報告，當偵訊的刑警暗示有可能是他殺時，她哭著說自己和案情無關。她的供述內容如下。她的確在一個星期前去過上田家，當時還有另外兩名學生，之後就沒有和上田見過面。雖然如刑警所說，她的確和上田有肉體關係，但並不是只有她，佐佐木也有——

那個叫佐佐木的女人的相關資料，已經送到高嶋的手上。

佐佐木奈美，今年四十三歲，她是個人史教室的學生，也是最早發現屍體的人。今天是上課的日子，她提早在上午十點來到上田家，按了門鈴，沒有人應答。由於玄關的門沒有鎖，她就走進屋內，然後猜想上田可能在書庫，於是就走到地下室，看到屍體。她證實書庫的鐵門虛掩著。報告中提到，雖然她否認和上田有肉體關係，但從她按門鈴沒有人回應，就自己進屋，四處尋找上田，她的證詞很值得懷疑。

「調查官到了。」

聽到司機的說話聲，正在看報告的高嶋抬起頭，剛好看到倉石從停在五公尺前方的驗屍官專用車上下來。

倉石臉頰凹陷，銳利的眼神很有迫力，走路就像黑道兄弟。

高嶋也下了車，倉石似有若無地默默向他行禮。

「辛苦了。」

高嶋冷冷地說，配合倉石的步調。他感覺到全身血流加速。這個男人不像是警察，更像是罪犯。

無人能出其右。前前前任刑事部長曾經如此評價倉石，所以讓倉石有了『終身驗屍官』的外號。高嶋知道L醫大法醫學教室的西田教授很賞識倉石，便向警界高層打招呼，讓倉石不會被調離驗屍官的職位。但是——

他真的是那麼厲害的驗屍官嗎？

高嶋很久之前就有這個疑問。如果只看報告，過去七年來，倉石的驗屍從來不曾出過差錯，但高嶋以前當驗屍官時，也被稱為「完美先生」，這並不值得驕傲，而是理所當然的事。據說俳句詩人誦詠的所有俳句，都當作是自己的辭世俳句，驗屍也一樣，不能因為現場的好壞而影響驗屍結果的好壞，更不能有任何疏失。一旦將他殺誤判為自殺，就會讓一起凶惡的犯罪永遠無法真相大白；如果是相反的情況，就會導致超過一百名偵查人員長時間白忙一場。因此，無論是今天、明天還是後天，驗屍工作都必須完美無瑕。

——這個傢伙並沒有出類拔萃。

來到上田家的玄關，高嶋偷瞄一眼倉石的側臉，為鞋子套上了塑膠套。

L縣警有一項內規，就是同一個人不得在同一職位超過五年。如果繼續讓倉石享受特殊待遇，就會影響組織的領導工作。目前已經聽到一些年輕人大力吹捧倉石，稱他為「校長」、「倉石學校」，就連他看好的一之瀨，竟然也崇拜倉石，實在太讓人驚訝。一說到調往警察廳，任何人面對這種白金等級的升遷車票，都會二話不說地答應，一之瀨竟然說需要時間和家人討論。事實上他只是顧慮倉石的想法。不，他只是擺出對輕易搖尾聽命感到羞恥的反骨姿態。他在倉石手下兩年半，時間太長了，應該更早把他調走。

總之，如果不解決倉石這個麻煩人物，就無法抑制惡劣分子的增加。排除倉石是當務之急，無論對組織而言，還是對數年後，將會成為刑事部長的高嶋而言都是如此。

當然不能輕易放棄這次臨場順序顛倒的大好機會，今天要好好看清楚倉石的能耐，要親眼確認倉石是可以輕易取代的「普通驗屍官」，然後向高層建言，將倉石調離目前的職位。

高嶋走下通往地下書庫的樓梯，凝視著走在前面的倉石後背。

——考試開始。

高嶋已經有一半偏離了偵查指揮官的身分，悄悄地在內心宣布。

4

倉石做事並不急躁。走下樓梯後，他沒有立刻進入書庫，而且低頭看著門旁的盆栽。

「喔，把門打開時，這個拿來代替門擋。」

轄區警局的刑警安川向倉石說明。安川滿臉興奮。他也是把倉石稱為「校長」的信徒之一。

「發現屍體時，盆栽放在哪裡？」

「在書庫內，據說是最先發現屍體的女人以前送給死者的。」

「廢話少說，只要回答我的問題就好。」

倉石跪在地上。雖說是盆栽，但只長著一根像細棒的莖，並沒有開花，葉子只有下方零星幾片而已。倉石目不轉睛地看著細長蛋形的葉子。

高嶋在樓梯中央停下腳步，低頭看著眼前的景象。

倉石的作業步驟符合規定。他阻止安川繼續說下去，是為了排除預判。他沒有進入現場，而是注意到盆栽的行為也可圈可點。俗話說，植物像屍體一樣會說話，在驗屍作業時，是絕對不可忽視的情報來源。

「是毛地黃。」

「校長太厲害了。」

安川輕率地奉承道。

高嶋抱著手臂。沒錯，就是毛地黃，那是夏天會開出紫花的多年生草本植物，主要用於觀賞，但將葉子乾燥後磨成粉末，可用來治療心臟疾病，具有增加心臟收縮，加快心跳的效果。報告顯示，死者上田羅患有心律不整症狀的鬱血性心衰竭，也許是因為擔心會在房事中猝死，所以「須藤薯蕷」，也就是須藤明代供稱，上田在床上大部分都使用情趣用品。

毛地黃。雖然是很有趣的素材，但高嶋認為對這次破案完全沒有幫助。

倉石將目光移向門，他從鑰匙孔看向書庫內部。

「門把上的指紋呢？」

「有死者上田和最初發現屍體的女人的指紋。」

「內側的門把呢？」

「完全沒有。」

「連半枚指紋都沒有嗎？」

「對，八成是凶手擦掉了。」

倉石沒有回答，從包包內拿出溫度計，走進書庫。高嶋走完剩下的樓梯，跟著倉石走進去，在倉石的身後看向他視線的方向。

倉石首先看了屍體。不，他巡視整個地面，然後蹲下。他似乎很在意地上的灰塵。他站起來後，抬頭看向天花板。天花板上只有一個燈泡。他尋找開關，確認開關在右側的牆上。接著，又抬頭看向天花板，似乎定睛看著燈泡。他低頭看著手上的溫度計。室溫是五度。

倉石避開屍體，走向書庫深處。有一個啞鈴丟在書庫盡頭的牆邊，他轉過頭，比較了屍體旁的啞鈴。高嶋剛才也做過相同的事。這兩個啞鈴是一對，「凶器」並非從外面帶進來，而是書庫內現成的東西。

「拿一張椅子過來。」

倉石下達指令。

書庫內沒有椅子，安川從樓上找到一張圓椅拿過來。倉石站在圓椅上，近距離觀察燈泡。真乾淨啊……他自言自語說道。

高嶋感到納悶。調查燈泡有什麼意義？也許他只是在表演，想在高嶋面前假裝是「與眾不同的驗屍官」。

倉石從椅子上下來之後，開始檢查左右兩側牆邊的書架。他從皮包中拿出放大鏡，仔細檢查著。他應該在確認「血腳印」，也就是飛濺血跡的狀況。據高嶋的觀察，幾乎沒有任何血跡。這並不奇怪，屍體頭部外傷本身出血就很少。倉石也用放大鏡觀察地面。血跡，不，他似乎在觀察灰塵的狀況。

倉石緩緩起身，轉身低頭看著屍體。他觀察屍體整體之後，再次單腿跪在地上。依次觀察啞鈴、手帕和三色原子筆。之後他停下來——因為他看到了那首「短詩」。

時間已然到來須藤薯蕷縱死恚恨仍難消

倉石皺起眉頭看著短詩。他看了很久，然後從懷裡拿出記事本，抄下這行字。站在他旁邊的安川興致勃勃地問：

「果然是死前訊息嗎？」

「我當了三十五年的警察，從來沒有看過屍體留下這種時髦的玩意兒。」

高嶋在內心點頭。自己當了三十七年的警察，也從來沒有見過這種東西。

倉石終於開始攻佔「重點」。上田昌嗣身體微微前傾，蹲伏倒地死亡。

——那就讓我見識一下你的本事。

倉石打開皮包，拿出筆燈、鑷子和開口器等驗屍工具。他先用筆燈照在屍體眼球上，觀察角膜的混濁程度。

樓梯上傳來腳步聲。轄區警局的刑警下樓來，把寫著偵查進度的紙條遞給高嶋。高嶋在關心倉石的同時，迅速瀏覽紙條上的內容。

紙條上寫著上田的三角關係。上田和最初發現屍體的佐佐木奈美的親密關係已經持續三年，須藤明代在半年前才開始和上田發生肉體關係。奈美果然和上田有一腿，但是，高嶋早就猜到，所以並沒有太大的興趣。

高嶋將視線移回倉石身上。倉石剛好開始檢驗屍體頭部的傷。

倉石咬著筆燈，雙手撥開屍體的頭髮。靠頭頂位置的右側，有大約三公分長的皮膚裂傷——

倉石凝視傷口的眼睛微微左右移動。

——他發現了。

三處擦傷。那正是高嶋判斷並非他殺的最大根據。倉石識破了嗎？不，如果他沒有發現，可以立刻把他調走。

試探性創傷——高嶋認為那三處擦傷屬於這種性質，也就是所謂的「猶豫傷」，由此得出自殺的結論。

上田用啞鈴敲向自己的頭部死亡。自殺者都想要死得輕鬆點，盡可能避免肉體的痛苦。割腕自殺的人會認為割這麼深應該夠了，戰戰兢兢在手腕上留下好幾道試探性創傷。更何況這次是用鐵塊敲向自己腦袋的行為，當然會極度恐懼，因此失敗了兩三次。即使大腦想死，但手會違背大腦的命令，啞鈴只是輕輕擦過頭皮。雖然最後終於達到目的，但想必是壯烈的瞬間。從屍體的姿勢研判，上田是跪在地板上，彎下身體，頭朝下，執行大腦的命令。

「短詩」也補強了自殺的推論。

如果是遭到他人毆打所造成的致命傷，根本不可能寫字。即使能夠寫字，也不可能有寫出類川柳文句的思考能力。因此可以研判，上田是在遭到毆打之前，不，是他在企圖自殺之前，就在地上寫下了這些內容。

應該可以斷定，這起死亡事件是偽裝成他殺的自殺。掉在地上的手帕也是基於相同的目的。如果啞鈴上只有上田的指紋，就會被識破是自殺，於是他事先擦掉啞鈴上的指紋，然後隔著手帕握住啞鈴，敲向自己的腦袋。

重點是，上田為什麼要使用這種死法？

從「短詩」的內容來看，顯然想要陷害須藤明代。如果不是有深仇大恨，無法做出這種事。難道和三角關係的糾紛有關嗎？果真如此的話，照理說不是上田，而是明代才有設下這種陷阱的動機。風流的上田玩弄兩個女人，為什麼不惜付出生命的代價，都要陷害明代成為殺人凶手？高嶋想不透其中的理由。上田有心臟疾病，也許這是搞清楚這起事件的關鍵？也許上田認為自己來日不多，死不足惜，決定用剩餘的生命設下陷阱，這樣或許可以合理解釋。必須充分查清楚明代的情況，瞭解他們之間不為人知的事。只要能夠逼問出這個關鍵，案情一定能夠撥雲見日。

總之，這起死亡事件是上田精心策劃的假自殺。這一點無庸置疑。「薯蕷」不會因為這起事件被問罪。

高嶋看著倉石。

他正用放大鏡觀察屍體毛衣背部，似乎在調查灰塵的附著狀況。他掀起毛衣，也用放大鏡觀察毛衣內的襯衫。高嶋剛才做了同樣的事。雖然不清楚衣服沾到灰塵的理由，但這同樣成為判斷並非他殺的材料。如果上田突然被人用啞鈴毆打，倒向前方死亡，毛衣的後背和毛衣內的襯衫不可能沾到灰塵。

倉石在安川的協助下脫下屍體衣服，檢查屍體全身。倉石非常仔細，觀察屍體的每一寸皮膚。但是——

倉石並沒有做任何特別的事，只是根據驗屍的標準作業程序，很忠實地進行每一項作業，高嶋和歷任驗屍官也都這麼做。

倉石驗屍完畢。安川迫不及待地開始說明事件的狀況，倉石心不在焉地回應著，把驗屍工具放回皮包，然後轉頭看過來。

「怎麼樣？」

高嶋問，倉石一臉無趣地回答：

「是自殺。」

高嶋點點頭，然後淡淡一笑。

倉石對上司說話完全沒有尊敬的語氣。如果是平時，高嶋必定火冒三丈，但今天內心的喜悅和安心大大超越不悅。

高嶋從頭到尾仔細盯著倉石驗屍的過程，充分瞭解到倉石是一名優秀的驗屍官，對工作也很認真。但是，他並不認為倉石在驗屍方面有特別的才華，或是發揮出和其他人不同的特殊能力。『終身驗屍官』終究只是幻想。現在可以向高層建言了，培養倉石的接班人根本不是問題，可以讓一之瀨接班。一之瀨只要在日後稍微表現出崇拜倉石的態度，去東京的事就泡湯，也不會讓他有機會升遷，就讓他停在警部的警階，接倉石的班——

「但是，要把最初發現屍體的女人上銬。」

高嶋驚訝地轉過頭，倉石以冰冷的眼神看向他。

把最初發現屍體的女人上銬？！

「為、為什麼？」

倉石沒有回答，問安川：

「喂，最初發現屍體的女人叫什麼？」

「佐佐木奈美。」

「就是她。上田被那個叫奈美的女人監禁，他死了六天，八成是上週個人史教室上課的那一天。」

「校長，這是真的嗎？」

「她在上完課後，引誘上田來到地下書庫，把他關在裡面後，從門外反鎖。既然佐佐木奈美會送上田毛地黃的盆栽，想必知道他有心臟病，知道把他關在室溫只有五度的狹小書庫內，他就會心臟病發作死亡。」

「原來是這樣！是復仇。因為上田拋棄奈美，和須藤明代在一起——」

「你有根據嗎？」

高嶋大聲咆哮。

監禁？發作？復仇？這個傢伙到底——

「你給我說清楚，你憑什麼說佐佐木奈美監禁了上田？」

倉石轉頭看向現場說：

「因為現場的物品這麼說。天底下哪有傻瓜用啞鈴自殺，偽裝成他殺？這個書庫內，這是唯一可以成為凶器的東西，所以他在無可奈何之下，只好使用啞鈴。手帕原本就在他的口袋裡，三色原子筆放在他胸前口袋裡。雖然他被監禁，但那天上課時，他用了原子筆中的紅筆為學生改稿。上田偽裝成他殺所使用的三件物品都是在無法外出的狀況下，所能張羅到的全部物品。」

「這無法成為證據，也許只是剛好而已。」

「花瓶、玻璃菸灰缸、菜刀都可以，只要到書庫外，就可以盡情挑選各種工具，然後使用女用手帕，準備更方便在地上寫字的奇異筆，這才稱得上是偽裝。」

「的確是這樣……但是……」

「上田為了讓現場看起來像他殺，擦掉門把上的指紋，但他只擦了內側的門把。為什麼？答案很簡單——他擦不到外側的門把。」

高嶋倒吸一口氣。他的自信開始動搖。

倉石停頓一下，繼續說道：

「還有灰塵。上田的毛衣背上和襯衫上不是都有很多灰塵嗎？」

「所以？」

灰塵是未解之謎。難道倉石已經知道了嗎？

「書庫的室溫是五度，上田冷死了，就把書鋪在地上睡覺，即使這樣，仍然冷得睡不著，只能把滿是灰塵的資料塞在毛衣和襯衫之間，努力保持體溫。」

「這只是你的臆測。」

「燈泡也一樣。這個房間滿是灰塵，只有燈泡很乾淨。這是因為上田把燈泡放在懷裡。」

「什麼……」

「上田把書堆在地上，然後站在書堆上，把燈泡拿下來取暖。當燈泡變冷之後，又再裝回天花板，打開燈，讓燈泡變熱。他一次又一次重複這樣的過程，可見他真的冷到不行。」

高嶋感覺到自己在顫抖。上田的行動清楚地浮現在他眼前。

「但是，他只撐過一個晚上。寒冷對心臟不好，也許出現什麼發病徵兆了，一旦因為心臟病發作死亡，就會被視為病死處理。眼前是把自己關在書庫的女人所送的毛地黃，雖然葉子乾燥後磨成粉，是治療心臟病的藥物，但是新鮮的葉子卻有劇毒。他八成陷入天人交戰，最後終於下定決心，決定自殺，卻偽裝成他殺，然後留下嫁禍給佐佐木奈美的文句——」

「等一下！」

高嶋覺得自己終於回過神。

「上田指名的是須藤明代，並不是佐佐木奈美。」

倉石咂咂舌頭。

「你沒看出來嗎？上田很擔心奈美是第一個發現他屍體的人，如果直接說是奈美，就會被奈美擦掉，於是他動了一番腦筋。」

「別胡說八道。」

高嶋慌忙翻開記事本。

時間已然到來須藤薯蕷縱死恚恨仍難消

「你倒是說說看，這首拙劣的短詩還有什麼其他的解讀方式？」

「辭世的詩句——你不是說，驗屍也一樣嗎？」

「是啊，那又怎麼樣？」

「既然這樣，你應該知道，這才是真正的辭世詩句。」

倉石拿出筆，在高嶋抄寫在記事本上的短詩上畫出一條橫線。

短詩被分成兩段，變成『時間已然到來須』和『藤薯蕷縱死恚恨仍難消』。

高嶋好像中了魔法般，一次又一次讀著。過一會兒，他「啊！」地叫了一聲。

「時間已然到來須」——這句話和毛地黃的發音很相似。

那下半句呢？

倉石在「藤薯蕷」旁寫了另外幾個字。原來是和「藤薯蕷」發音相似的「不治之症」。

毛地黃不治之症縱死恚恨仍難消

高嶋說不出話。

上田用毛地黃代替佐佐木奈美，同時寫下痛恨自己被凶手用來犯罪的宿疾。這的確就是「辭世詩句」。

倉石走上樓梯。

高嶋默默目送他的背影。

他的腦海中浮現過去經手相驗的各式各樣屍體。「完美先生」……別人封給自己的這個稱號，真的恰如其分嗎？

5

暮色蒼茫。

昏暗的公寓內，一之瀨盤腿坐在房間中央。雖然全身疲憊，但大腦疾速思考著。

他已經得出一個結論。他要用這個結論參加「補考」。

兩具屍體已經送去轄區警局的停屍間，只有一串紅的盆栽留在一之瀨的眼前。

房間的燈突然亮起。轉頭一看，倉石削瘦的臉出現在牆邊。

「喂，阿一，搞清楚了嗎？」

「是。」

一之瀨起身，他直視著倉石的雙眼。

「我重新研究過一串紅的花凋零這件事。根據我在市場打聽到的消息，一串紅無法適應空氣乾燥的環境。這幾天的天氣突然變冷，北風很強，空氣很乾燥，再加上房間內的空調一直開著，所以一串紅的花才會凋零。」

「繼續。」

一之瀨拿出裝著現場遺留品的小塑膠袋。裡面有一截菸蒂，濾嘴有一小部分已經變成深棕色。

「雖然因氰化鉀導致嘴唇潰爛，無法判別實際情況，但我猜想筒井道也的嘴唇也因為乾燥而裂開，睡前抽菸時，嘴唇的表皮脫落，因此濾嘴上沾到血跡。在他抽完菸後不久，小寺裕子就來了，她看到濾嘴上鮮紅的顏色，以為筒井結交新歡，絕望之下，動手殺了他——這就是我的推論。」

片刻的安靜。

倉石看向一之瀨的手。一之瀨左手小拇指前端用OK繃包著。

「你試過了嗎？」

「呃，對……差不多三個小時後，變成了深棕色。」

「三個小時嗎？既然這樣，女人在房間內可能已經察覺到是血跡了。如果她有察覺的話，昨晚就不會發生強迫殉情這種事嗎？」

「我猜想……即使這樣，小寺裕子仍然想和筒井殉情。」

腦海中浮現小寺裕子的遺容。她平靜的臉上帶著微笑——

「很好。」

倉石只說了這句就轉身走向玄關。他脫掉鞋子外的塑膠鞋套，停頓一下後，轉頭對一之瀨說：

「你去銀座喝酒時記得打電話來約一下，每天晚上都混在這種窮鄉僻壤的酒吧，內臟早晚爛掉。」

倉石的嘴角浮現淡淡的笑容。

「調查官……」

喜悅、寂寞和決心……一之瀨內心湧起數種不同的感情，目送著上司融入暮色中的背影。

餞行

1

傍晚響起的春雷帶來的不是綿綿春雨，而是橫猾的傾盆大雨。

小松崎周一把老花眼鏡推到額頭上，為模糊的雙眼滴好眼藥水之後，緩緩倒在和室椅的靠背上。他並沒有聽到令人心煩的雨聲，這棟刑事部長的官舍雖然老舊，但建得很堅固，堆在面向院子的走廊上，那些不計其數的紙箱，也有助於隔絕雨聲。下週就要搬家了，在警界服務四十二年，離開L縣警的日子迅速逼近。

但是，小松崎腦袋裡想的是另一件事。

——八成已經過世……

矮桌上和周圍的榻榻米上堆著按照不同年份分類的賀年卡和夏季問候卡，要準備搬家，於是他請了五天年假，他之前就決定在今天最後一天來整理信件。一旦退休，就必須寄退休通知給各界好友，所以他打算整理一份完整的名冊，但其實還有另一個目的。

每年都會收到落款只寫著「霧山郡」的賀年卡和夏季問候卡——

他之前就一直惦記著這件事。他查了一下後，發現從十三年前開始，每年都會固定收到不明人士寄來的賀年卡和夏季問候卡，從去年之後突然停止。去年雖然收到賀年卡，但並沒有收到夏季問候的明信片，今年也沒有收到賀年卡。他在整理好的賀卡類中找了兩次，都沒有發現唯一讓他可以確認出自同一人之手的「霧山郡」這三個字。

那個人果然死了，沒有等到去年的夏天……

雖然有可能是寄信人決定不再寄明信片，但小松崎一開始就排除這種可能性。那是一種職業的直覺，或許是因為已經年屆六十，讓他在失去音訊和死亡之間畫上等號。

——但是，到底是誰……

當刑警多年，浪子回頭的更生人或是家屬寄來的感謝信可以塞滿一、兩個抽屜，當然也有相反的情況，除了正面交鋒所受的傷，在拆信件時，也隨時必須做好面對充滿惡意的匿名信的心理準備。詛咒、威脅、怨恨、預告出獄後要「上門拜訪」……之前還曾經收到「新年初始，節哀順變」的賀年卡，破壞了元旦的家庭團聚氣氛。

總之，他想知道這十三年來，持續不斷寄來的明信片到底是出於感謝，還是基於惡意，或是基於其他意圖寄給自己。

小松崎再度翻閱著挑出來的那二十五張明信片。

賀年卡和夏季問候卡都是官方印製的明信片，正面是可以去便利商店印刷的新年賀詞，完全沒有任何手寫文字，但每張明信片上收信人名字都是親筆填寫，在填寫寄件人地址和姓名的空白處，只寫著「霧山郡」這三個字。字體有稜有角，拙劣的文字難以辨別寫字者的年紀，也難以判定是男是女，甚至可以認為是刻意所為。比方說，特地使用非慣用手寫字……

小松崎抱起手臂，閉上眼睛。

女人——小松崎每次思考，都以此為起點。小松崎擅長偵辦有女人涉案的事件，因此有了『女見愁小松崎』這個綽號。

這張明信片呢？

是女人寄的。他有這種感覺。

對方十三年來，持續寄來明信片。執著、堅韌、一絲不苟，這些更像是男人的特性，但這些明信片出自女人的手。在過去偵辦的無數起事件中，每次認定是女人所為，全身的細胞都會躁動起來。如今也有相同的感覺。

小松崎睜開雙眼。

姑且不論男女，除了「霧山郡」以外，沒有任何可以找出寄信人的線索。

既然不是完全匿名，而是故意留下郡名，無論是出於感謝或是惡意，對方至少希望小松崎知道這個線索。「霧山郡」這個地名實際存在，是由三個村莊組成的縣北農村地區。如果要深究，可能會沒有止境，但寄信人應該住在霧山郡。不，可以進一步縮小範圍。夏季問候卡上的郵戳都是「霧山南」，也就是住在霧山郡霧山村的南部地區。小松崎絞盡腦汁，喚醒過去的記憶。

沒有。沒有任何一張臉出現在視網膜上。

他不記得曾經逮捕過任何和霧山村有關的人，也從來不曾在霧山警局服務。年輕時，曾經因為支援事件偵查工作，去過霧山村幾次，但只是參加表面化的地毯式偵查，不可能受到感謝，也沒有和人結怨。既然這樣，難道寄信人和小松崎在其他地方交過手，之後剛好搬去霧山村嗎？果真如此的話，就更找不到頭緒。四十二年的刑警人生，要翻找的記憶未免太多了。

不……

小松崎注視著半空的雙眼眨了幾下。

如果利用刑事部長的職權，可以輕易查出寄信人。霧山村是人口不到四千的小村莊，每年的死亡人數並不多。只要讓下屬去清查去年一月到七月期間死亡的村民，就可以知道結果。只要和「霧山郡」這三個字的筆跡相符，就可以鎖定對象，甚至可以比對指紋——

他露出自嘲的笑容。

——別說傻話了，怎麼可能要求下屬做這種事？

雖然他立刻否定這個想法，但他的腦海中浮現一張臉頰凹陷，看起來像黑道分子的臉。那就是擁有『終身驗屍官』的名號、搜查一課的調查官倉石。

既然會想到倉石，就代表自己想到非自然死亡的可能性。寄信人並非自然死亡，而是死於非命。不能排除這種可能性。如果是這樣，就意味著倉石去年曾經和寄信人「見過面」。

玄關的鈴聲打斷他腦海中膨脹的想像。小松崎看向牆上的時鐘。晚上八點。他起身，繫好和服的腰帶。他利用沿著走廊走去門口的短暫時間，將腦袋內所掌握的情況分類，什麼是可以告訴記者的事，什麼是必須秘而不宣的內容。這是他多年來養成的習慣。

但是，站在玄關的那個穿西裝的人並不是報社記者。

「不好意思，這麼晚上門打擾。我是油菜花銀行的村田，昨天曾經打電話過來。」

從半個月開始，已經有超過十家銀行登門造訪，希望他可以把退休金存入那些銀行。去年退休的上司曾經對他說，到時候連赫赫有名的都市銀行都會連日上門，看來上司所言不假。

「謝謝你特地上門，但我已經決定存在L銀行了。」

「是，我瞭解，從縣廳和縣警退休的各位都這麼做，但希望你可以顧及到存款保障上限的問題，考慮一下資產分散——」

如果外面下雨，可能不得不請對方進屋小坐，但這名行員運氣不好，剛才的傾盆大雨竟然已經停了，天空中甚至出現星星。

小松崎客氣地拒絕後，關上紙拉門。他準備回屋內時，停下腳步，站在原地豎起耳朵細聽。行員離開後，並沒有任何腳步聲走向官舍。

今天是三月二十七日。想必跑警政線的記者進入「紳士協議期間」。據說各家報社相互約定，不再到小松崎的官舍夜訪或是晨訪。離退休只剩下四天，中間剛好遇到週六和週日，因此小松崎只剩下明天和下週一這兩天會去縣警總部上班，那些記者似乎也不好意思前往倒數階段的退休幹部官舍敲門，要求「臨別贈禮」，或是「希望給我獨家消息」。

他突然有一種寂寞的感覺。

新的齒輪已經開始運轉。他們已經轉移目標，去拜訪即將接任刑事部長的田崎……

小松崎回到客廳，對著在狹小的空間內堆積如山的紙箱感到沮喪。幾年前，考慮到退休後的生活，曾經請熟識的土木工程行畫好設計圖，但吉江前年生病去世，自建房子一事就不了了之。目前在旅行社當導遊的昭彥完全沒有返鄉的打算，美佳嫁去仙台後，一直住在那裡，所以他認為沒必要自建住宅，於是在近郊租好一間小房子。搬家的時候，下屬都會來幫忙，問題在於搬去新家之後，不知道要花多少時間，才能把這些紙箱全都拆開，將東西都整理歸位。不，沒錯，時間沒問題，自己接下來有大把的時間。

小松崎在和室椅上坐下，低頭看著「霧山郡」這三個字。

他感到洩氣。

當初就是想搞清楚寄信人不詳的明信片到底是誰寄的，所以才以準備搬家為由，為自己安排私人的時間，連續休假五天。如果吉江還活著，一定會瞪大眼睛。

這些年都帶著熱忱投入刑警工作。他曾經多次失敗，但也有不少好運眷顧，終於升上刑事部最高職位。他是L縣警四分之一世紀以來，第一個從基層刑警一路升上刑事部長的人，長年來都一直被公安和管理部門出身的菁英壓得抬不起頭的資深刑警都紛紛叫好。在以刑事部長的身分指揮偵查工作的這兩年期間，帶著為自己的刑警生涯做總結的心情，投入所有心力。殺人、搶劫、縱火、貪污，幾乎所有的案件都順利偵破，他對這份工作沒有眷戀，能夠抬頭挺胸地離開部長室。

但是——

「霧山郡」讓他耿耿於懷。難道這是偵破所有案件的自己，在刑警生涯中最後的案件嗎？

警用電話的鈴聲打破漸漸滲入內心的寂靜。

小松崎起身走向電話。雖然他無法確定有案子發生，但雙手已經解開和服的腰帶。

電話是總部搜查一課的高嶋課長打來的。

《部長——堀井町發生命案。》

2

車頭燈衝破黑暗，部長專用車高速駛向L縣警總部大樓。

一名二十歲的女大學生在市內堀井町的公寓遭到扼殺死亡，尚未查獲凶手。

說起來很現實，前一刻為明信片感傷的情緒已經不知道去了哪裡。

雖然這種想法很自私，但一抹不安掠過心頭。離退休只剩下四天，如果無法在退休之前逮捕凶手，『女見愁小松崎』就會成為在最後關頭，背負一起未偵破案子退休的衰運部長，淪為所有刑警茶餘飯後的談資。

小松崎來到縣警總部後，從地下停車場搭電梯來到五樓的搜查一課。課內燈火通明，彷彿在激勵所有的偵查員；重案偵查股的成員和高嶋課長都已經趕往現場，只有一課的副課長津田和幾名庶務人員留在寬敞的辦公室內。

「辛苦了！」

小松崎伸手制止準備站起來的津田，看著辦公桌上的便條紙。

被害人——山藤祥子，二十歲，縣立女子大學英文系二年級學生，住在中村公寓一〇二室。

「目前情況怎麼樣？」

「接到通報之後，還沒有任何新的情況，課長很快就會打電話回來說明詳細——」

津田的話還沒有說完，辦公桌上的電話就響起。小松崎把旁邊座位的椅子拉過來，抓起電話。

《目前情況如下：》

高嶋用一如往常的冷靜語氣說明。

《被害人山藤祥子仰躺在床上的狀態下遭到扼殺，雖然沒有遭到強暴的跡象，但身上的衣著極度凌亂，雙臂有多處擦傷，臉有遭到毆打的痕跡。女性雜誌掉落在床邊，研判凶手進入被害人房間試圖性侵，然後襲擊正在床上看雜誌的被害人，被害人大聲叫喊，於是就殺了她。》

「嗯，繼續。」

《目前正在採集指紋，房間內除了床鋪以外，並沒有打鬥的痕跡等其他可疑之處，現階段沒有發現任何疑似凶手留下的物品，只有被害人身上的襯衫沾到些許灰塵。》

灰塵……

難道是凶手在襲擊被害人時，衣服上的灰塵掉在被害人的襯衫上？

「什麼樣的灰塵？」
《就是普通的灰塵，衣櫃上常見的那種茶褐色粉末狀的灰塵。》
「拿去鑑定，同時不要忘記採集房間內的灰塵。」
《是。》
高嶋的聲音一下子變遠，可能正在下達指示，過了一會兒，電話中才又傳來他的聲音。
《不好意思。呃，行凶的時間是晚上七點到七點五十分期間，目前還不知道凶手從何處闖入——》
「等一下，怎麼會清楚知道犯案時間？」
《我們有明確的資料。六點半開始下大雨，當時，住在離公寓兩公里外的被害人母親打電話給她，當時雨下得很大，母親叮嚀她要把窗戶關好，七點開始報導新聞後，才掛上電話。》
這意味著被害人在此之前還活著。
《之後，被害人的母親在七點五十分時又打電話給她，那時候雨剛好停了。但是電話沒有人接，母親每隔五分鐘就打一次電話，總共打去三次電話，被害人都沒有接電話。母親很擔心，開車前往公寓，結果就發現了屍體——整個過程就是這樣。》

被害人在七點五十分已經死亡。難怪能夠確定犯案時間是晚上七點到七點五十分期間，前提是被害人的母親沒有說謊，這往往是能否破案的分歧點。

女人——首先從這個角度切入。

「被害人的母親為什麼七點五十分又打電話給她？」

《她母親說，想問她雨有沒有從窗戶滲進來。》

「公寓很老舊嗎？」

《屋齡只有兩年。》

「你剛才說，公寓離她老家只有兩公里。」

《沒錯。》

「女兒為什麼沒有和母親同住？」

《母親去年再婚，被害人在母親再婚後，就搬出來住。》

「她們母女關係不佳嗎？」

《不清楚，目前已經派了兩組人手去老家附近瞭解情況。》

「再多派兩組人手，但是要小心謹慎，他們目前還是剛失去女兒的父母。」

《了解。》

「那個繼父是什麼樣的人？」

《是色情護膚店的店長，三十一歲，比被害人母親小十一歲。》

小松崎腦海中立刻浮現出「畫面」。

母親對年輕的老公很執著，但那男人對女兒有興趣。性侵。女兒搬出去住，形同離家出走。繼父去女兒的公寓，要求再度發生關係。拒絕。殺害。夫妻協謀，製造不在場證明——

小松崎等待幾秒。

全身的細胞並沒有躁動的感覺。完全沒有。難道是「畫面」太拙劣了嗎？

「被害人有沒有保險？」

《我馬上派人清查。》

「好，還有其他問題嗎？」

《目前仍然不知道凶手從哪裡闖入房間，所有門窗都已上鎖。》

「所以有可能使用備用鑰匙。」

《沒錯。》

既然這樣，凶手可能是情人、管理員、母親和繼父——

《目前脫鞋處只有趕到被害人家中的母親留下的腳印，但已經請鑑識人員再仔細調查。窗戶完全鎖住，因此使用備用鑰匙的可能性相當高。》

《才不是這樣。》

另一個聲音蓋過高嶋的說話聲，旁邊似乎有人打擾他們的通話。

小松崎不用思考就知道那個人是誰。除了驗屍官倉石以外，沒有其他人敢否定現場最高指揮官、搜查一課課長的意見。

小松崎的腦海中立刻閃過「霧山郡」這幾個字，全身的細胞興奮地相互擠壓。

女人——死於非命——

小松崎有點不知所措。

「在搞什麼！」

他對著電話大聲說道，努力排除妄想。

電話中沒有人回答。高嶋似乎正在和倉石爭執，只聽到他們相互咆哮。斷斷續續的單字隱約傳入耳中。

少插嘴——仔細看清楚——濕氣——腳印——雨——灰塵——天花板。

不好意思，我晚一點再打過去。高嶋快速說完這句話，掛上電話。

小松崎感到心浮氣躁。

天花板？這是怎麼回事？

將近三十分鐘後，辦公桌上的電話才又終於響起。

《剛才不好意思。》

高嶋的聲音格外低沉。

《已經抓到凶手了，請部長同意申請緊急逮捕令。》

小松崎萬分驚訝。

「是誰？」

《住在被害人隔壁一〇一室的打工仔佐竹。》

「有什麼根據？」

《天花板夾層內隔開兩個房間的木板被破壞了。》

「你說什麼？」

《剛才急忙衝去隔壁房間，發現佐竹躲在廁所內發抖，然後很快承認是他闖入隔壁殺了人。》

高嶋用沒有起伏的聲音繼續說道。

犯案目的是強暴。佐竹之前就看上住在隔壁的山藤祥子，他想到可以從天花板的夾層闖入祥子的房間，然後在昨天付諸行動。他從自己房間的壁櫥爬上天花板的夾層，趁下雨聲很大的時候，用拔釘鉗拔掉隔板上的釘子，拆下隔板，移開祥子房間壁櫥的頂板，進入屋內，然後撲向正在床上看雜誌的祥子，試圖脫下她的衣服。祥子激烈抵抗，他揮拳打向祥子的臉。祥子仍然沒有停止叫喊，於是他不顧一切地掐住祥子的脖子。

《被害人襯衫上的灰塵是佐竹爬過天花板夾層時沾到，在襲擊的時候掉在被害人身上。目前正由鑑識人員採集天花板夾層內的灰塵。》

小松崎低吟一聲。

『終身驗屍官』果然看穿了一切嗎？

但是，他對兩個疑問感到不解。

「他們住在隔壁，照理說應該認識，既然這樣，佐竹一開始就打算殺人嗎？被害人遭到強暴後，一旦報警，佐竹不是根本逃不掉嗎？」

《佐竹帶著有攝影功能的手機闖入被害人家，可能打算拍攝裸照來威脅封口。接下來會讓他交代清楚。》

「好，叫倉石來聽電話。」

小松崎打算聽倉口親口說明另一個疑問。

高嶋叫了倉石，接著聽到電話交到另一個人手上的動靜，但是，電話中沒有傳來說話聲。

「我是小松崎。」

小松崎終於忍不住開口，電話中傳來熟悉的沙啞聲音。

《喔，是部長啊，你還在啊。》

「這是你打招呼的方式嗎？三十一日之前，我還沒退休。」

《也對。》

「之後你說話最好小心點，田崎對這方面很囉嗦。」

《好，我會記住。》

「先不說這個，我想問你，你為什麼會注意到隔壁？」

這是小松崎唯一感到不解的疑問。

《因為房間內完全沒有雨水。》

「房間內……雨水……嗎？」

電話中傳來咂嘴的聲音，好像在說，你連這個也不知道嗎？

《犯案的時間，外面一直下著橫潲大雨，就算撐著雨傘，只要從外面進來，衣服一定會被淋得濕透，但是床單和死者襯衫都完全乾燥，脫鞋處除了被害人母親的腳印以外，也沒有發現髒腳印，而且還留下很乾燥的灰塵，唯一的可能，就是從室內進入室內。》

小松崎聽著倉石絲毫感受不到驕傲的聲音，意識到自己刑警生涯最後一起事件落幕了。

3

刑事部長辦公室位在搜查一課辦公室一角，柔和的陽光照進朝南的窗戶。今天是實質上班的最後一天，雖然三十一日下週一才是最後上班的日子，但那天將舉辦退休歡送會，恐怕會很忙碌。

小松崎把倉石叫進辦公室。

「昨晚辛苦了。」

「還好啦。」倉石意興闌珊地應道，靠在沙發旁，看著放在茶几上的早報。『女大學生遭到殺害』、『迅速逮捕了鄰居凶手』——

「我必須感謝你，讓我不至於帶著未偵破的案子退休。」

小松崎內心的確很感謝倉石。他覺得自己很幸運，多虧和這個具有奇才異能的人在相同的時期走過刑警人生，幸運偵破好幾起差一點失手的事件。

戰友——這就是小松崎對倉石的感覺。

至於倉石對小松崎有怎樣的感情，就完全不得而知了。雖然幾十年來，他們一起走過很多事件的現場，但是記憶所及，兩人從來不曾推心置腹地聊過天。

不能否認，刑警和鑑識人員是兩種不同職務，隔閡導致了這樣的結果。「找鑑識人員來」、「交給鑑識人員去做就好」，刑警理所當然地說的這句話中，透露出內心對鑑識人員的輕視，認為鑑識人員只是自己的下手。鑑識人員也總是冷眼看著刑警走路大搖大擺的樣子。光憑直覺和膽量有辦法抓到凶手嗎？如果沒有鑑識的報告，刑警就和嬰兒差不多——

「部長。」

倉石冷漠地問：「你找我來，是不是有什麼事？」

「嗯。」

小松崎還在猶豫。

「找你來處理私事也沒有關係嗎？」

「所有事件都是私事。」

小松崎下定決心。至少眼前這個男人並不是敵人。

「不瞞你說……」

他將明信片的事告訴倉石。「霧山郡」……十三年前……霧山村南部……

倉石默默聽他說話。小松崎說完後，他抱著雙臂想了一下，才終於開口。

「部長，我記得你是栗木町出生？」

「對，那裡是除了幾間讓釣客投宿的小旅館外，什麼都沒有的小村莊。」

「也在縣北。你在霧山有親戚嗎？」

「沒有。雖然都在縣北，但並沒有路可以通往霧山郡。而且我讀小學的時候就搬來這裡，我爸媽不想繼續在巴掌大的農田種地，在當接生婆的祖母去世之後，就立刻搬來這裡，但只是經營一個賣椪糖的攤位。可能生活太辛苦，兩個人都很早就死了。」

「這些陳年往事沒意義。」

倉石面無表情地說：「部長，你十三年前在做什麼？」

「在東部警局當局長，從前一年開始。」

「所以在前一年春天，報紙上有你的名字和照片。」

「是啊。」

『新局長介紹』——當警局的新局長上任後，地方報紙就會簡單介紹新局長。小松崎也想到這件事。寄信人一定是看到那篇報導後，才決定要寄明信片給自己。在刊登報導的隔年第一次收到的賀年卡上，是寄往當時任職的東部警局。寄信人之後可能每年都會確認地方報上縣警幹部的調動名冊，因此無論小松崎調到哪裡，賀年卡和夏季問候卡都會寄到他的手上。

「兩個人。」

倉石突然說道。

「兩個人？什麼兩個人？」

「去年新年到中元節過後，我去霧山村相驗的兩具屍體都是女人。」

小松崎不由得佩服倉石的記憶力。除了在自己家中明顯是病死以外，都會被認為是非自然死亡，因此倉石一年內相驗的屍體超過三百具。

但是，小松崎的驚訝頓時變成不安。

兩個都是女人。倉石這麼說。

「告訴我這兩個人的情況。」

「其中一個是三月份，十一歲的女孩上吊自殺。」

聽倉石一說，小松崎想起這件事。女孩遭到霸凌後自殺，報紙進行過大篇幅報導，但十一歲的少女應該不是寄明信片給自己的人。

「另一個呢？」

「是六月時，七十六歲的老婦人在河中溺斃。」

小松崎微微歪著頭。他不記得這件事。

「她的身分背景如何？」

「是住在安養院的老婦人，丈夫已經死了，曾經發生過兩次輕微腦溢血，沒有拐杖就無法走路。」

腦溢血……

小松崎的眼前浮現寫著收信人地址和姓名的手寫文字。有稜有角的拙劣文字，感覺像是刻意用非慣用手寫的——

「她從什麼時候住進安養院？」

「十五年前。」

小松崎忍不住探出身體。

「我想知道詳細的情況。」

「死因是溺死，在霧無川被人撈起，是位在安養院下游兩公里的地方。」

「是在安養院附近流到那裡嗎？」

「不，在打撈地點往上游方向三公里的地方找到她的拐杖，河流的對面有一片很棒的山毛櫸，是喜馬拉雅中杜鵑、布穀鳥和北方鷹鵑的天堂。」

小松崎對倉石提到這些無關的事感到好奇。

倉石對「動植物」的生態瞭若指掌。動物、植物、魚、鳥、昆蟲……然後把這些知識運用在驗屍工作上。他可以從盆栽的花或是籠中鳥的叫聲，解讀出和屍體相關的線索。

「和鳥類有什麼關係嗎？」

「我只是現學現賣。和我一起前往現場的安養院院長是野鳥協會的成員，他剛到任不久，就發生老婦人死亡事件，讓他有點不知所措，但一聊到鳥的事，他就打開話匣子，說個沒完。」

小松崎輕輕吐了一口氣。

「繼續說下去。」

「屍體損傷很嚴重，前額有皮下出血，左上臂和下肢都有許多線狀的擦傷——」

「線狀？」

「那條河流水流湍急，可能在河底被水流沖走時造成擦傷。」

「是意外……還是自殺？」

小松崎並沒有接到這起事件的報告，所以不可能是他殺。

「七比三的機率是自殺。」

「七比三？」

小松崎懷疑自己聽錯了。倉石竟然會做出這麼模糊的判定。

「不排除是意外的可能性嗎？」

「拐杖掉落的地點位在從道路往河面方面的獸徑上，那裡的坡度很陡，和滑雪的跳台差不多，那條獸徑上有走了三步的痕跡。」

「三步……」

「沒錯，但是沒有第四步。不知道是憑自主意志跳河，還是不慎滑落。」

「不是可以用腳印的深度和形狀瞭解到底是用力跳，還是滑落——」

「現場無法像教科書上寫的那麼明確，那位老婦人的體重只有二十八公斤。」

倉石的雙眼發出微光。

小松崎頓時失去思考能力，但隨即抬起頭說：

「既然這樣，不是應該五五波嗎？」

「什麼？」

「你為什麼認為自殺七成，意外是三成？」

「用減法算一下。」

「減法……」

「屍體在距離安養院兩公里的下游處被打撈起來，然後在三公里上游處發現她的拐杖和腳印，這代表她從安養院向上游走了一公里的上坡道。」

小松崎倒吸一口氣。

七十六歲……兩次腦溢血……右半身留下後遺症……沒有拐杖無法走路……只有一公里，但是對那名老婦人來說，絕對是遙遠的距離。

倉石一臉無趣。

「我不知道老婦人拚了老命走一公里的理由是什麼，她的頭腦很清楚，在那天之前，從來沒有在安養院外亂走動。那個老婦人走向上游，只能認為她是去找結束生命的地方。」

小松崎注視著倉石的眼睛。

「那為什麼你認為有三成的可能性是意外？」

「接下來可能會發現老婦人走去那裡有其他的理由。」

倉石起身，緩緩走到門口，轉過頭說：

「部長——你該不會知道老婦人走去那裡的理由，而且也知道寄明信片給你的是誰？」

4

全身的細胞一直都躁動不安。星期六，小松崎沒有走出官舍一步，一直都在看鳥類圖鑑，直到星期天下午，才採取行動。他終於下定決心，也做好心理準備。

已經很久沒有開車。縣道往北的方向沒什麼車子，一個小時左右，就來到了霧山村。他有點迷路，但很快就來到沿著霧無川的道路。駛入那條路後，立刻看到安養院的建築。

他幾乎已經確信，那名死去的老婦人就是寄明信片給自己的人。事實上，並非只有如此而已……

小松崎走進安養院一樓的辦公室。他隱瞞自己的身分，告訴事務員，想請教院長關於野鳥的事，事務員立刻帶他來到隔壁的院長室。

「啊呀啊呀，歡迎歡迎。」

院長自我介紹說姓木村，大約五十歲，可能正閒著無聊，看到有人上門和他聊野鳥，顯得樂不可支。

「不瞞你說，昨天也有人來問我野鳥的事，是縣警的高階警官，以前這裡發生意外時認識的。」

倉石也來了。之前就隱約察覺到這個可能性，因此並沒有太驚訝。

但是，倉石和小松崎非親非故，怎麼可能瞭解小松崎的人生？

「請先看這幾張，從這裡往上走一公里左右，有一片很棒的山毛櫸樹林，這些都是我在那裡拍的。」

木村興奮地說著，拿出好幾張護貝過的野鳥照片。

「這是喜馬拉雅中杜鵑，是不是很可愛？會發出澎澎、澎澎的叫聲。」

小松崎露出微笑。

母親去世的隔年，小松崎在縣警當巡查的那一年春天，被「告知」了有關自己出身的事。父親因腎臟問題住院，必須動手術，醫生說要輸血。父親嚴肅地把小松崎叫到病床前。他已經無法再隱瞞父母和兒子血型不合這件事。

父親小聲告訴他，在他不到一歲的時候，父母去孤兒院領養了他。他的親生父母在山上發生車禍離世。而且，父親還對他說，並不是刻意隱瞞這件事，只是一直沒機會說——

小松崎並沒有受到衝擊。他上中學之後，就隱約察覺到這件事了。那時他長了青春痘，經常照鏡子，於是就發現自己長得和父母完全不像。每次收音機的節目中聊到血型的話題，客廳的氣氛就很尷尬，父母的臉色和說話的聲音都會不一樣。不止一次發生這種事後，任何青春期的孩子都會意識到。

他並沒有細問父母。因為他害怕知道真相，而且真心以為一旦知道真相，自己就必須離開這個家。當時和現在不同，他的周圍並沒有生活環境很美滿的幸運孩子。有的孩子父親死在戰場上，有的孩子會低頭上門來借白米或味噌，也有的孩子母親在賣身。那樣的時代淡化了小松崎的苦惱，帶給他安慰。

「接著是眾所周知的布穀鳥，但是即使經常聽到布穀鳥的叫聲，不也很少看到牠們的身影嗎？眼睛周圍和腳都是黃色，看起來很威風。」

從孤兒院帶回來的孩子。小松崎接受父親告訴他的那個故事，既沒有難過，也沒有憎恨，自己的出身真相成為熾熱的感情疙瘩深藏在內心，這成為小松崎刑警人生的原動力。自己和別人不一樣，自己沒有退路，必須不顧一切向前衝──他曾經逮捕不計其數的罪犯，又平步青雲。小松崎既不機靈，頭腦也沒有特別聰明，之所以能夠成為縣警四分之一個世紀以來，第一個來自基層刑警的部長，就是因為內心有那個熾熱的疙瘩。無論面臨再大的困境，無論飽嘗再大的辛酸，那塊疙瘩都始終熾熱，激勵著他，在眼前開拓出道路，讓小松崎擁有了特別的人生。小松崎對此充滿感謝，從來不曾怨恨。但是──

他凡事總是先懷疑女人，揭穿所有女人的陰謀，他的內心隱藏著對女人、對母親的猜疑。難道是不知道自己親生母親的那種無助，那種無處宣洩的焦躁，造就了『女見愁小松崎』嗎？

你該不會知道老婦人走去那裡的理由，也知道寄明信片給你的是誰？

他接受父親告訴他的故事，但是，有時候忍不住想，自己真心相信那個故事嗎？既然父母去孤兒院領養孩子，為什麼不選擇和父母血型吻合的孩子？

「這是北方鷹鵑。」

小松崎抬起頭，木村眉開眼笑地指著護貝照片。

「北方鷹鵑還有一個別名叫十一鳥，因為牠的叫聲聽起來就像是在叫——十一、十一。」

小松崎聽著木村模仿那種鳥的叫聲，感到有點難為情。

「說起來，那個當縣警的人真的很可惜。去年他因那起意外來這裡時，聽到三種鳥叫的聲音，喜馬拉雅中杜鵑、布穀鳥和北方鷹鵑，沒想到他離開後不到五分鐘，第四種鳥小杜鵑就出現了，而且還發出叫聲！蒐集到四種鳥叫聲，就完美達成目標。如果他再多停留五分鐘，唉，他真是運氣太差了。」

小松崎昨天看過圖鑑，因此能夠理解木村所說的「完美」的意思，就是一次聽到所有日本杜鵑科鳥類的叫聲。不，不只是這樣而已。

托卵寄生——木村列舉的四種鳥類都會將卵產在其他鳥類的鳥巢中，由別的鳥代為孵育。

5

安田明子。

小松崎總算打聽到名字和墳墓的地點。

安養院為舉目無親老人建造的共同墓地就在安養院後方的小山丘上。下排右邊第三座墳墓。木村告訴他的位置有一個手工製作的小墓牌，長著青苔、近一半埋入泥土中的石頭似乎蓋住長眠在下方的死者的呢喃。

小松崎蹲在那塊石頭前，合起雙手。

如果安田明子還活著，目前是七十七歲，所以她在十六、七歲時，生下了小松崎。可能是因為祖母家門口掛著接生婆的招牌。父親無法告訴小松崎，你是棄嬰，於是在情急之下編造故事。

春風無聲無息地吹過。

從這裡可以眺望「霧山郡」的全貌。

那些明信片既非出自感謝，也並非基於惡意。

安田明子在安養院看到『新局長介紹』的報導。小松崎。這個姓氏很罕見，和接生婆招牌一起留在記憶中的門牌相同。加上年紀相符。她一定馬上意識到就是自己的兒子。

她請安養院的職員協助調查了東部警局的地址，只買了一張賀年卡。是用已經無法自由行動的右手寫的，還是非慣用手的左手？

賀年卡……夏季問候卡……賀年卡……然後又是夏季問候卡……

這也許是她唯一的樂趣。

也許她為小松崎感到驕傲。

也許她希望小松崎有朝一日可以找到她，然後來看她。

所以她寫下「霧山郡」這個地名。這或許是她帶著一線希望和期待的祈禱。

小松崎沒有鬆開合起的雙手。他的手心冒著汗。

托卵寄生……

新來的木村院長應該也有告訴院裡的老人這件事。

安田明子的內心一定產生動搖。

她可能想到自己也曾經把嬰兒交給別人。

她是因為這樣，才去了山毛櫸樹林嗎？

即使行走不方便，仍然走去那裡嗎？

她受到良心的責備嗎？

她很自責嗎？

還是對經過十三年，仍然沒有出現的兒子感到絕望？

她選擇在山毛櫸樹林結束自己的生命——

那片山毛櫸樹林就在下方，可以看到通往那片樹林的小路。

小松崎彷彿看到她拄著拐杖，緩緩地、緩緩走遠的背影，體重只剩下二十八公斤，又矮又瘦的駝背老婦人的背影。

小松崎閉上眼睛。

——如果更早來這裡就好了，如果更早……

當一滴眼淚滴在墓石上時，全身細胞躁動的感覺就像雲霧般消散無蹤。

6

三月三十一日是晴朗的好天氣。

小松崎從一大早就忙得分身乏術。

六點整，美佳從仙台打電話給他，電話中的聲音聽起來一本正經，接著又馬上接到昭彥從埃及打來的國際電話。

六點半時，各報的記者都來到官舍，送他一台筆記型電腦。「你可是女見愁小松崎，千萬不能就這樣變老。」「你可以用這台電腦逛成人網站，持續維持年輕活力。」記者口無遮攔地七嘴八舌，逗得小松崎笑了起來。

八點多來到縣警大樓，去一樓到六樓的各課打完招呼，回到部長室時，已經超過十點。接任的田崎在部長室內，正用抹布擦拭被小松崎用得很髒的辦公桌。小松崎大喝一聲，把田崎請出辦公室，高嶋課長和津田副課長拿了一大堆不重要的文件，和根本不急的公文進來，兩個人都站在那裡，一動不動地看著小松崎批閱。

十一點。小松崎在搜查一課的辦公室內，最後一次向一課、二課和鑑識課的課員訓話。

希望你們帶著熱情和純樸的正義感，持續向惡勢力宣戰。解散——

小松崎忍不住在眾多嚴肅的面孔中尋找倉石那張像黑道兄弟的臉。倉石以前從來不曾參加這種拘謹的活動，小松崎一想到自己竟然期待他會因為今天是自己最後一次訓話而出現，便忍不住苦笑。

差不多該下樓集合了。十一點半時，警務課員來通知他。十二點將舉行退休典禮，縣警的所有職員都會站在從總部玄關到停在停車場小巴士這段路的兩側，夾道歡送所有的退休人員，之後將在厚生會館舉辦慶祝退休派對。

L縣警刑事部長，『女見愁小松崎』將回復到一介平民百姓小松崎周一。他扣好制服的鈕釦，戴上白手套，拿起制服帽，走出部長室。他沒有回頭，在警界服務四十二年，他從來不曾回頭。

他搭電梯來到一樓，走廊上已經聚集許多位退休警察。聽說今年有四十三人退休，放眼望去都是熟面孔。很多人一輩子都在第一線的轄區警局或是派出所，所以也看到不少五年、十年沒見的老朋友。他不停地和他們打招呼和握手，每個人臉上都帶著笑容。剛當上巡查時一起把酒言歡時的紅潤，又回到留下四十年的歲月痕跡、滿是皺紋的臉上。

也許是因為即便被這些深有感慨的人群包圍，視線仍然忍不住尋找，他很快就發現，倉石撥開這群退休警察，走了過來。

倉石主動打招呼。

「總算趕上了。」

「你來送我嗎？」

「才不是呢，我要最後一次向刑事部長報告。」

「報告什麼？」

倉石懶洋洋地轉動著脖子。

「有話快說，我幾分鐘後就不再是部長了。」

「就是那個老婦人的事——目前已經斷定，她是意外身亡。」

小松崎內心感慨萬千。

餞行——

「你的意思是，從原本的三上升到十了嗎？」

「沒錯，就是這樣。」

「不必勉強啦。」

小松崎心存感謝地說。倉石特地來告訴自己這個謊言。

但是——

「別小看我。」

倉石露出嚴肅的眼神。

「我去安養院找了之前照顧老婦人的職員，老婦人在死之前對那名職員說，她想聽鳥叫聲。」

「鳥叫聲？」

「北方鷹鵑的叫聲——部長，你是不是想到什麼？」

小松崎忍不住眨著眼睛。

十一……

他先想起安養院院長在模仿北方鷹鵑叫聲時，自己有某種感情被撩動的感覺。

「啊！」

他忍不住叫出聲。

他想起來了。是兒時的記憶。

他曾經聽過。他以前曾經聽過北方鷹鵑的叫聲。不，他在這一刻之前，完全沒有想到那是名叫北方鷹鵑的鳥叫聲。

那是放學回家的路上。

他好像聽到天空中有人在叫自己的名字。

周一——

「請大家排成兩行！」

警務課員大聲說道。

小松崎仍然瞪大眼睛。

周一。原來不是父母，而是安田明子為自己取了這個名字嗎？所以安田明子聽了院長說的話，聽到他模仿北方鷹鵑的叫聲，決定去山毛櫸樹林，想聽真正北方鷹鵑的聲音——

不，未必是如此。

親生母親……

沒錯，親生母親也許真的打算自殺，打算聽了北方鷹鵑的叫聲之後，走向黃泉之路……

「她是意外身亡。」

倉石再次提醒道。

「但是……」

「還有其他理由可以證明是意外。」

「什麼理由？」

「從過去到現在，從來沒有任何一個為兒子感到驕傲的母親自殺。」

倉石舉起右手，伸出兩根手指抓抓太陽穴。

當小松崎意識到他在敬禮時，倉石已經轉身離開了。

「倉石——」

他叫著倉石的名字，但倉石沒有回頭。

玄關前的縣警音樂隊突然開始演奏。

是驪歌。

——混、混帳！

小松崎差點罵出口。

去年和前年都是用雄壯的進行曲歡送退休警察，為什麼今年要用驪歌？到底是誰安排了這麼矯情的表演——

雖然他這麼罵著，但內心已經激動不已。

「請移步至玄關外！」

警務課員催促著。

叫我走去外面，但我這張臉——

周圍其他人都淚流滿面。

算了，不管這麼多了——

小松崎走出玄關。

周圍掌聲雷動。有人對著他說「辛苦了」，有人請他「多保重」，有人遞給他一大束花。幾百張笑臉都看著他。

「謝謝各位這麼多年來的照顧。」

他說出這句話。

之後就說不下去。

他什麼都看不到，也什麼都聽不到了。

小心別跌倒。小松崎在眾人的夾道歡送下邁開步伐，滿腦子只想著這件事。

聲音

1

〈去死吧！像妳這種女人趕快死了算了！去死！去死！趕快消失吧！〉

齋田梨緒內心小鹿亂撞。

要穿和服，還是西式服裝比較好呢？她在鏡子前猶豫很久，終於穿上一套米色套裝。即使換好衣服，她仍然舉棋不定。她學過如何穿和服，所以覺得還是穿和服比較好。之前演講時見到的「醫生」英俊的臉龐已深深刻在梨緒心中，但對方是第一次見到自己。今天是新年，穿上振袖和服優雅地登門拜訪，應該可以留下好印象。

但是，最後她很想要戴上母親留下的珍珠項鍊，反正已經來不及配合和服的裝扮盤起頭髮，而且穿套裝看起來更成熟。如果「醫生」覺得自己看起來像小孩子就完蛋了。梨緒認為這是最重要的事，放棄穿振袖和服的念頭。

家裡靜悄悄的，完全沒有任何聲音。

舅舅和舅媽一大早出門拜年後還沒有回來，不必顧慮任何人，在走廊上走路不需要躡手躡腳的自在讓她感到心情愉快。這種時候，如果在舅舅黏人的視線注視下，躡手躡腳出門，就未免太掃興了。雖然有點想在「妹妹」宏美面前炫耀一下，但她參加高中的交換學生去了澳洲，要夏天才會回來。

——搞不好在宏美回國之前，和醫生之間能有很大的進展……

梨緒把手放在胸口。心跳加速，全身發燙。和那天一樣。

那是十一月舉辦的短大成立五週年的紀念演講。學長和來賓致詞都很無聊，梨緒費了很大的力氣，才終於忍住呵欠，但是在演講者走上舞台的瞬間，頓時睡意全消。不是只有梨緒而已，周圍的女生都相互用手肘戳著身旁的同學，目不轉睛地盯著舞台，甚至有些女生忍不住尖叫。

因為他實在太帥。他身材高大，小麥色的臉英氣勃勃，那雙清澈的眼睛最令人印象深刻。梨緒看了介紹演講者的簡介單，發現上面寫著「心理諮商師　見供政之　四十一歲」。怎麼可能？梨緒忍不住定睛看向舞台，無論怎麼看，他年輕的臉龐都只有三十出頭，聲音也充滿活力。

演講的題目是「各種心理壓力和精神健康」。中、高年上班族的「空虛病」、「微笑憂鬱症」、「拒絕回家症」都令人好奇，梨緒周圍也有朋友因為害怕細菌而整天洗手的「潔癖症」、「自身體味恐懼症」、「減肥中毒症」之類的問題，所以她越聽越緊張。

演講在盛大的掌聲中結束，梨緒輸人不輸陣地拚命鼓掌。見供本身當然很吸引人，但他的演講內容也的確很精采。

我要寫心得報告——八成是因為這兩個原因，讓梨緒下了這麼大的決心。如果演講很無聊，就不可能寫心得報告；如果見供相貌平平，她應該也不會提筆。所以她在寄信時覺得，那份心得報告有一半像是情書，而且她在十二月中旬完成那份心得報告，於是就同時寄出一張打開後，會有聖誕歌曲的聖誕卡。

梨緒原本寄出去後，就覺得心願已了。令人驚訝的是，她竟然收到見供寄來的賀年卡。

〈我拜讀了妳精采的心得報告，歡迎妳新年假期時來家裡坐坐。〉

梨緒衝進自己房間，興奮得忍不住跳了起來。昨天，她又下定決心，撥打賀年卡上印的電話。

《明天下午可以嗎？自從我老婆死了之後，我過年都很隨便。》

梨緒沒有異議，滿腦子只想著「單身」這兩個字，她發現自己竟然對別人的死感到竊喜，但並沒有影響她內心湧現的喜悅。

——簡直不敢相信。

梨緒在廚房準備早餐時想道。她缺乏戀愛經驗，以前從來沒有主動接近過男人，所以才會陷得那麼深。她過度放大自己的膽子，認為那是超越一見鍾情的感情，令她情緒高漲。她甚至連半塊土司都吃不下，不知道第幾次刷牙之後，急急忙忙走去二樓。

她坐在梳妝台前，把臉湊到鏡子前，用手指摸著鼻翼旁的雀斑。之前讀中學時，曾經真心為這些雀斑煩惱，但到了可以化妝的年紀之後，漸漸淡化這種自卑。她告訴自己，是因為自己皮膚很白，才會有雀斑，而且這種帶有透明感的白皙，讓自己的眼睛、鼻子和嘴巴等並不算豔麗的五官看起來更有氣質，或者說有夢幻的感覺，這樣並不壞。雖然很希望眼睛可以再大一點，但考慮到整體的協調感，也許現在這樣更理想。

她精心化上淡妝，在擦完新色的口紅後，有點慌張起來。床頭的鬧鐘指向一點，雖然鬧鐘快五分鐘，但時間快來不及了。

她小跑著離開房間，小聲說著「差點忘了」，又跑回房間。她走向放在窗邊的金魚魚缸，魚缸內有兩尾朱紅色的和金，牠們察覺到梨緒靠近，扭著身體，浮到水面附近。她從塑膠容器中抓了一把粉末狀的魚飼料丟進水裡，看到牠們爭先恐後張嘴吃著魚飼料，微笑著對牠們說：「我出門嘍。」然後用擦上指甲油的指尖敲敲魚缸。

她開著嫩草色的輕型汽車出門。

像這種空氣很清澈的日子，感覺山離得特別近，位在縣境的山脈在藍色天空下，山頂就像是銀箔做的工藝品。從這裡開車到見供政之所住的相野市將近一個小時，路上沒什麼車子，但並不是因為新年的關係，而是梨緒出生、長大的北沼町雖然地名有「町」這個字，但其實是到處都是農田、人口稀少的農村。

她沿著縣道一路往南，經過一座小橋，駛入鄰町時，她的心情頓時輕鬆起來。每次都這樣，只要離開自己住的地方，就有一種逃離的感覺。

路旁開始出現柏青哥店和郊區型的書店，也看到梨緒就讀的愛育女子短期大學的尖屋頂。舅舅是擁有好幾座山的有錢人，梨緒五歲失去父母後，舅舅收養了她，不僅讓她讀高中，甚至送她讀短期大學。她很感謝舅舅，心存感激，但是覺得舅舅的眼神很可怕，舅舅黏答答的視線令她感到害怕。舅媽也發現了，每次只要梨緒穿稍微露一點的衣服，舅媽就會一整天都不理她。

逃離。所以是逃離……

車子駛入相野市。見供在電話中告訴她大致的路線。經過市公所後，在前面那個號誌燈右轉，在第二個十字路口左轉，之後只要注意看右側的招牌，就可以找到了。

她很快就看到了招牌。「見供診所」——

她在腦海中複誦了見供在電話中的說明。〈只要沿著箭頭駛上坡道，就可以看到一棟貼白色磁磚的房子，但不要駛入那道門，而是沿著圍牆繞到屋後——〉。她按照指示來到屋後，果然看到了〈看起來就像文化遺產的瓦屋頂老房子〉。門松、注連繩和太陽旗的三件式組合擺在大門前，有一種名門望族的感覺。

梨緒有點畏縮，心跳加速不已。

「請問有人在嗎？」

她把格子門拉開一個人的寬度，輕輕叫了一聲。屋內沒有應答，她吸口氣，準備再稍微大聲叫門時，裡面傳來一聲「來了」，玄關的玻璃門打開。

一個後背比腦袋更高的駝背老婦人用從她的外形難以想像的步伐快步走出來，恭敬地向她鞠躬，原本駝著的背壓得更低了。

「喔喔，妳就是打電話來的那位小姐嗎？我聽政之少爺說過，請進來。」

老婦人和走出來時一樣，快步走進屋內。她的背影微微左右搖晃，如果把她握在背後的手看成翅膀，簡直就像是鴨子在走路。梨緒呵呵笑了。並不是因為覺得老婦人像是鴨子走路，而是想到老婦人剛才說的「政之少爺」。見供可能出生在醫生世家，家境應該很好。梨緒覺得自己掀開一層秘密的面紗，內心的緊張稍微消除了些。

老婦人帶她來到一間有壁龕的八張榻榻米大房間，梨緒端坐後，整理好裙襬。

走廊上傳來腳步聲。

梨緒感覺到自己臉頰發燙，猜想臉一定漲得通紅。

紙拉門打開了。

「嗨，新年快樂。」

梨緒手放在榻榻米上說：

「新年快樂。」

「啊，好像應該說初次見面？」

「啊，對，也對。」

梨緒抬眼看著見供，鬆了一口氣。因為她在來這裡的路上仍然猶豫不決，擔心萬一見供穿和服怎麼辦？既然是新年，今天還是應該穿振袖和服，幸好看到見供也穿著西式服裝，而且穿了一件和她身上衣服很相似的米色羊毛夾克。

「歡迎妳來，這裡會不會很難找？」

「不會，很快就找到了。」

「那真是太好了。」

「醫生，謝謝你寄賀年卡給我，我真的很高興。」

「不不不，我才很驚訝，沒想到是這麼漂亮的小姐。」

見供的話聽起來不像是客套話，梨緒興奮得忘其所以。

「呃，妳的名字是發『Rio』的音嗎？」

「是的。」

「齋田梨緒嗎？真是個好名字。」

「我也很喜歡自己的名字，啊，我以前叫伊藤梨緒，五歲的時候被舅舅收養之後，才改姓齋田。」

見供皺起眉頭。

「嗯，看了妳的心得報告，知道妳失去父母……是因為意外嗎？」

「是交通意外。那天好像是我媽開的車，不小心開到對向車道，結果就被大貨車……」

梨緒隱約記得當時的事。幼稚園老師臉色蒼白地對梨緒說了什麼，然後她就坐舅媽開的車子回到家裡，看到兩個白色的棺材排放在一起。她不記得自己當時有沒有哭，她無論如何都想不起當時的情緒，應該是因為年紀太小，無法接受突然降臨的悲劇是現實。

見供連續點了好幾次頭，用開朗的語氣開口，似乎想要趕走感傷的氣氛。

「我在賀年卡上提過，妳的心得報告實在太精采。我曾經去很多地方演講，第一次有人寄心得報告給我，而且整整三十頁，妳費了很多工夫吧？」

「還好，你的演講激發我很多想法。」

「妳寫得太好了，對鄉村地區特有壓力的觀察很有說服力。」

「沒有啦……」

梨緒靦腆一笑。也許那不是心得報告，而是她發出的求救信號。那三十頁的內容，是她多年來始終無法向任何人啟齒，在內心累積已久的話，她想要向住在遙遠世界的「醫生」耍任性、向他求助。

她對村莊生活心生厭倦。她對左鄰右舍甚至知道自己衣櫃裡有什麼衣服感到鬱悶；對無論在哪裡，花多少錢買了什麼，很快就會傳遍鄰里感到煩躁；對好像自己的相簿都被人看光光的生活很窒息。那些人始終不讓她擺脫「可憐的梨緒」這個角色，迫使她心情必須憂鬱，必須表現得很憂鬱。

「喝紅茶好嗎？」

見供問，臉上露出調皮的笑容。

「但是……」

老婦人送茶進來，她一走出房間，見供就這麼問她，她一時不知該如何回答。

「我自己想喝。婆婆每次都只泡日本茶，我曾經請她泡過一次，結果她就像泡即溶咖啡一樣，把紅茶的茶葉直接放在杯子裡，然後把熱水倒進去——」

兩人互看著對方，噗哧一笑。

他們一起來到後方的西式房間，見供走去後方，拿了熱水瓶回來。

「啊，我來泡。」
「沒關係，我泡的紅茶也不錯喔。」
「不好意思。」
梨緒欣喜若狂。如果告訴短大的同學，她們不知道會說什麼，自己受邀來到大家都很崇拜的「醫生」家裡，而且他還親自泡紅茶給自己喝。雖然內心有一絲偷跑的罪惡感，但這種罪惡感是一種喜孜孜的感覺。
「梨緒，妳幾歲？」
「呃，我要一顆，謝謝。」
「我不是問妳加幾顆糖，是問妳幾歲。」
兩個人又同時笑了。
「一歲的話就變成小嬰兒了，我十九歲。」
「喔喔，才十九歲啊，我差點就要加白蘭地了。」
見供調侃道，梨緒忍不住用帶著鼻音的聲音說：
「喔唷，我三月就二十歲了。」
「好，好，那就給妳加幾滴。」
見供瞇眼笑了，然後從餐櫃中拿出一瓶看起來很高級的洋酒。

不一會兒，見供就把花卉圖案的紅茶杯遞到梨緒面前。

「請喝茶。」

「真不好意思，那我就不客氣了。」

梨緒完全不會喝酒，喝兩三口啤酒，臉和手指馬上就會變紅，有時候甚至會心跳加速，但眼前的紅茶有一種難以形容的香氣。

她把茶杯輕輕端到嘴邊。

「好喝。」

「是嗎？太好了。」

也許是那滴白蘭地發揮效果，他們相談甚歡，梨緒聊得很投入，對見供更著迷了。

「妳的項鍊很漂亮。」

「那是我媽媽的遺物。」

聽到見供的稱讚，梨緒很高興，她嫣然一笑。這時，她發現有點頭暈。

「怎麼？」

「啊，不……我沒事。」

「是因為白蘭地的關係嗎？」

「即使我酒量再差——」

梨緒說到一半，突然產生一絲不安。

見供的眼神讓她有這種感覺。見供向下移動的視線好像在撫摸梨緒的身體曲線，她內心的確有一絲這樣的期盼，但未免和「舅舅的癖好」太像。

她的頭變得更暈。

她聽到了一個聲音。

〈去死吧！像妳這種女人趕快死了算了！去死！去死！給我消失！〉

2

星期一清晨，就接到噩耗。

在等迎接自己的公務車期間，三澤勇治在官舍的廚房內陷入茫然。他當檢察官二十年，幾乎沒什麼事可以讓他感到驚訝，但剛才那通電話是例外。

齋田梨緒自殺了——

三澤感到口乾舌燥。

他的眼前浮現梨緒那張總是透著落寞的臉。她來自福島的山村，從短期大學休學後，重考進入四年制的大學，畢業之後，在工作的同時準備司法考試，在二十八歲時，終於通過司法考試。三個月前，以實務實習生的身分來到L地檢廳。她已經完成了法院和律師事務所的實習，只要在地檢廳完成實習，一個月後，會回到東京的司法研習所，完成後期課程，就將正式成為一名司法工作者。

她有一身晶瑩剔透的白色肌膚，是一個神秘的女人，渾身散發出一種不可思議的魅力，讓男人為她神魂顛倒——

外面響起汽車喇叭聲。

三澤拎著公事包走出官舍。太太不知道說了什麼，但他沒聽到。

他坐上公務車的後車座，坐在駕駛座上的浮島事務官沒有回頭。兩個人完全沒有打招呼，車子駛向梨緒自殺的公寓。

幾分鐘後，三澤開口。

「確定是自殺嗎？」

後視鏡中出現浮島的左眼。

「應該不會錯，是縣警的倉石負責驗屍。」

「什麼方式？」

「聽說是用菜刀刺向胸口。」

「什麼時候？」

「兩個小時前。」

「自殺的原因是什麼？」

「原因不明。」

「……」

又過了幾分鐘後，三澤問：

「你認為齋田為什麼自殺？」

「不知道。」

浮島毫不猶豫回答，後視鏡中的左眼看著三澤。

「檢察官，你認為是什麼原因？」

「不知道。」

三澤同樣不假思索地回答。

在等紅燈時，車內的氣氛很詭異。三澤的內心也一樣，分不清是嫌惡還是憎惡的負面情感產生對流，相互衝撞，他很想大叫。

還沒有等到紅燈轉綠，他的忍耐就到了極限。

「浮島——」

「嗯？」

「你是不是知道什麼？」

後視鏡中出現兩隻眼睛，那雙眼睛露出驚訝的眼神，注視著三澤。

「什麼意思？」

「綠燈了。」

浮島移開視線，把車子開出去。他看著前方，又問了一次。

「檢察官，剛才這句話是什麼意思？」

「齋田不是經常和你聊心事嗎？」

「你不也一樣嗎？」

浮島回答這句話時的語氣很嚴厲。

三澤凝視著浮島的背影。這名檢察事務官工作認真，也很順從，但這只是齋田梨緒被分配到三澤檢察官室之前的情況。

繼續像之前一樣相互猜忌沒有意義，改變檢察官室氣氛的梨緒已經死了。

三澤抓著副駕駛座的座椅，探出身體，看著浮島的側臉問：

「你老婆問我老婆，說你這一陣子都很晚回家，工作真的那麼忙嗎？」

浮島瞥了三澤一眼。

「你太太也打電話問我老婆，說你最近看起來心神不寧，穿衣服變得很講究——」

兩個人都陷入沉默。

三澤內心無法平靜。這一陣子的確不太尋常，無論自己和浮島都一樣。

梨緒並不是那種絕世美女，只是她的皮膚特別白，五官端正，但眼神很陰鬱，很容易被歸類為不起眼的女生。第一次見面時，她明確表達「我以後想當法官」，這讓三澤失去對她的興趣。既然她已經決定要當法官，三澤無意認真教她檢察官的工作，所以那一陣子很熱心地指導和梨緒一起來到L地檢廳的另一名實習生安達久男。

安達愛上了梨緒。安達屬於那種盲目冒進的人，對梨緒展開熱烈的追求，但梨緒完全無動於衷。但是每次一起去喝酒時，安達就把刑事訴訟法拋在腦後，滔滔不絕地羅列梨緒的魅力，三澤聽他這麼說了之後，才漸漸覺得他說得好像沒錯。

但是，三澤並沒有因此把梨緒視為女人，只是冷眼旁觀，認為那只是「年輕人的事」，只不過三澤開的一句玩笑話，成為發生微妙變化的契機。在實務實習已經過了一半的時候，他曾經半開玩笑地對梨緒說，希望她去搞定安達。三澤無法忘記梨緒當時露出的那種既生氣，但又帶著一絲悲傷的表情。她當時說：「我對年輕人沒有興趣。」四十七歲的三澤有點嚇到。四十二歲的浮島當時也在場。

說起來很慚愧，聽了梨緒的話，發現自己有可能成為她的戀愛對象後，忍不住開始在意她。「不起眼的女人」在三澤內心完全不同了。茶褐色的眼眸、透光的薄耳朵、嘴唇的線條、聲音、用字遣詞，以及身上那種酸酸甜甜的香氣，梨緒身上所有的一切，都變得很迷人。他甚至覺得也許一開始就知道她的這些迷人之處，只是自己欺騙自己，壓抑著內心的感情，把她視為「危險」，敬而遠之。他知道浮島也落入相同的「陷阱」。狹小的檢察官室內，只要梨緒在場，就有一種青澀的較勁氣氛。

車子卡在早上的塞車車陣中。

雖然可以把紅色旋轉燈放在車頂，駛入沒什麼車子的對向車道，但是浮島沒有這麼提議，三澤也沒有指示他這麼做。

梨緒為什麼自殺？

三澤很希望在面對梨緒的屍體之前掌握事情的真相，他對浮島的懷疑在內心翻騰。

他忍不住很情緒化地問：

「你有沒有和齋田交往？」

「檢察官，那你呢？」

「我才沒有和她交往。」

「我也沒有。」

一陣沉默。

三澤恢復檢察官的語氣問：

「你為什麼讓齋田偵訊吉田元治？」

「我當時徵求過你的同意。」

「你說他是竊盜案的嫌犯。」

吉田元治是性侵致傷案的嫌犯。有時候會安排實習生偵訊輕微事件的嫌犯，但是性侵案是重罪，更何況是女性實習生，這樣的安排顯然太粗暴。

「是我太大意。」

「別假惺惺了。」

三澤看透浮島內心的想法。他對梨緒動情，但自己是檢察事務官，而且已經有家室，無法直接向梨緒表達感情。這種悶悶不樂的感覺讓浮島做出虐待狂的行為，簡直是惡劣的性騷擾。只要梨緒情緒不穩定，就可以趁虛而入。浮島八成打這種主意。

浮島如願以償。安排梨緒偵訊性侵男之後，得到超乎浮島意料的結果。

吉田元治見到梨緒後欣喜若狂，他色瞇瞇地打量梨緒的身體，鉅細靡遺、刻畫入微地說明自己性侵的過程，而且一臉喜色、得意洋洋。梨緒表現得很堅強，她瞪著吉田，不時大聲喝斥，完成複訊，但是，當吉田冷笑著說「所有女人到最後還不都會爽得猛搖屁股」時，梨緒流下眼淚，然後痛苦地說：「我也曾經被性侵，那簡直就像是殺了我。」

那天之後，梨緒和浮島的關係突然密切起來。

「警衛好幾次都看到，你和齋田在檢察官室留到深夜。」

「我只是聽她聊心事。」

「還不都是你的刻意安排？」

三澤加強語氣，浮島在後視鏡中的眼神變得銳利起來。

「檢察官，她不是也曾經找你聊心事嗎？」

「我是出於無奈，因為那次之後，她經常請假。」
後視鏡中的雙眼似乎笑了笑。
「有什麼好笑的？我很擔心她，和你不一樣。」
「她說到什麼程度？」
「什麼意思？」
「就是她被性侵的事，齋田對你說了多少？」
浮島的語氣帶著挑釁。
「她讀短大的時候，被她崇拜的心理諮商師下藥性侵——她這麼告訴我。」
「就只有這樣而已嗎？」
「這樣而已？」
「她的父母在她年幼時發生車禍死亡。」
「這我知道。」
「她的舅舅收養了她，這個舅舅也猥褻她。」
三澤倒吸一口氣。他第一次聽說這件事。
「她舅舅每天晚上都拿著糖果去她房間，她被心理諮商師性侵時，才清楚回想起這件事。因為是痛苦的記憶，可能在無意識中想要抹去，卻硬是被那種方式喚醒記憶，所以她逃到東京，決心要制裁男人，決定要通過司法考試。」

要制裁男人。梨緒只對三澤說了這個結論的部分。

雖然浮島說的這些事讓三澤受到很大的衝擊，但梨緒已經死了，比起同情，內心浮現對浮島的嫉妒和憎惡的感情更加強烈。

「你和齋田上床了嗎？」

浮島瞪大眼睛，齜牙咧嘴地轉過頭：

「不要把別人想得這麼下流！」

三澤也激動起來。

「到底誰下流！你竟然用骯髒的手段籠絡女人！還不是因為你安排她複訊性侵犯，她才會出問題？你搞清楚，是你害她自殺的！」

「你別想置身事外！那你呢？你上週對齋田做了什麼！」

「什麼？我做了什麼？你倒是說清楚啊！」

後方傳來按喇叭的聲音。

浮島突然把車子開出去，衝過路口，縮短和前方車輛的距離後，後視鏡中出現他克制著怒氣的雙眼。

「你不是帶齋田一起去看司法解剖嗎？」

「那又怎麼樣？這是進修的一部分，所有實習生來我們這裡，都會帶他們去看一次。」

「為什麼不是選擇西田教授執刀的時候，而是在大井准教授解剖的時候帶她去看？那個傢伙根本是變態，會要求在場的女警去摸屍體的陰部。」

「我並不是刻意安排在大井執刀的時候帶她去。」

「而且那天的屍體是年輕女人，大井不是還興奮地對齋田開了黃腔嗎？」

妳可要看清楚，屍體的身材比妳更好——

「那個傢伙的確是爛人，但是——」

浮島打斷了他，繼續說道：

「你安排齋田去看爛人大井解剖，你應該看到她當時的樣子。」

三澤的腦海中浮現梨緒身穿白袍的樣子

梨緒一動不動地凝視著大井解剖，雙眼露出異樣的眼神。她一定對興奮地在女人屍體上動刀的大井產生強烈的嫌惡。

梨緒住的公寓出現在擋風玻璃前方，門前停著好幾輛警方的車輛。

浮島靜靜地說：

「我承認自己刻意安排齋田複訊吉田元治；但是檢察官，請你也承認，你讓大井准教授發揮和吉田相同的作用，想利用她情緒不穩定時趁虛而入，因為你發現她和我走得比較近就著急了。」

「並沒有！」

「在結束後的淨身聚餐時，你一直坐在齋田旁邊，還輕聲細語地對她說，她一定很受打擊，但還是必須親眼看一下這種事，然後拚命想要討好她。」

「你這個王八蛋，竟然偷聽別人說話。」

「我瞭解你的心情，簡直太瞭解了。」

「閉嘴！你瞭解個屁！」

「她身上具有一種魔力，一旦愛上她，就會越陷越深。」

兩個人同時注視著半空。

「解剖那天是星期四，齋田那天之後就很不對勁，在淨身聚餐時幾乎沒有說話，星期五悶悶不樂，隔了週六週日，選擇在今天自殺。」

「你的意思是我害死她嗎？」

浮島把車子停在公寓前，用沒有起伏的聲音說：

「對，那天的解剖就是原因。是你逼齋田走上絕路。」

3

兩個人在搭電梯時都不發一語。

痛苦在三澤的內心翻騰。雖然剛才和浮島相互推卸責任，但他不得不承認，他和浮島為了吸引齋田梨緒耍出各種手段，最後成為對梨緒造成兩度傷害的共犯。

但是……

他不認為這是梨緒自殺的所有理由。

毫無疑問，梨緒憎恨男人，複訊性侵犯和大井准教授的司法解剖，的確喚醒了她過去的痛苦回憶。但是，她不是決心要「制裁男人」才踏入法律界嗎？通過司法考試並不是一件容易的事，更何況她在學業上並非學霸型的人，為了通過司法考試，一定懸梁刺股，付出極大的努力，她會因為近距離接觸男人的醜惡和獸性，而選擇自殺嗎？

我在推卸責任——也許是這樣。如果一肩扛起害死梨緒的責任，就無法繼續做檢察官的工作。腦袋中的另一個三澤這麼思考著。

他看著前方說：

「我沒有和她上床，你呢？」
浮島用壓抑的聲音回答：
「我發誓，我也沒有。」
他們在七樓走出電梯。
七〇三室的門敞開著，幾名縣警的鑑識人員忙碌地進進出出，有人手上拿著採集證物用的塑膠袋，裡面是一把被血染紅的菜刀。
「我是地檢廳的三澤，可以進去嗎？」
「可以，基本上已經結束，請穿上鞋套。」
三澤穿上對方遞給他的鞋套，直起身體時，和浮島交換陰鬱的眼神。梨緒的屍體在裡面。
千萬不能慌亂。三澤這麼告訴自己，走過七〇三室的脫鞋處，穿越短走廊後，前方是十張榻榻米大的空間。
「啊！」
「這……」
浮島最先發出叫聲。
三澤也叫了一聲。

難以相信眼前的景象。

套房的地上散落著無數的紙，幾乎可以說鋪滿整個房間，地板幾乎都被紙蓋住。全都是傳真紙，每張紙上都大大地寫著潦草的字。

〈去死！〉

〈妳這種女人就該死！〉

〈去死！去死！趕快消失吧！〉

梨緒倒在這些傳真紙形成的地毯上，以跪坐的姿勢倒向斜前方。她背靠著床跪在地上，雙臂無力地下垂，頭也垂下來，頭髮遮住臉。如果不是襯衫的胸前染成一片鮮血，也許會以為她在打瞌睡。

三澤大吃一驚，既不悲痛，也沒哀嘆，甚至想不到該對梨緒說什麼。

「真的是自殺嗎？」

他終於擠出的這句話，是他發自內心的疑問。

窗邊的男人聽到他的聲音，轉頭看過來。

他是L縣警的倉石義男，是擔任驗屍官已經八年的「屍體清潔員」。

「誰說你們可以進來？」

「你、你說什麼……」

三澤頓時火冒三丈。區區警方的調查官——

「你要搞清楚，驗屍原本就是我們的工作，只是為了方便起見，交給你們處理而已。」

倉石狠狠瞪他一眼。

「那由你來驗嗎？」

三澤說不出話。地檢廳根本沒有驗屍小組，甚至沒有人採集指紋。

「廢話少說，你好好解釋一下，這哪裡像自殺？」

「只要看現場不就知道了嗎？」

「我就是看了才問你這個問題，難道沒有他殺的可能性嗎？」

「沒有。」

「那這麼多恐嚇傳真是怎麼回事？」

倉石緩緩眨眨眼睛。

「你希望是他殺嗎？」

這句話刺進三澤的心。雖然明知道不可能，但他察覺到身旁的浮島繃緊全身，不寒而慄。我們希望是他殺？為了逃避責任嗎？

——太荒唐了。

三澤甩開這些想法，但仍然無法完全擺脫恐懼。倉石看穿自己的內心，硬生生地逼出了真相。不，不可能，縣警的區區調查官怎麼可能知道檢察官室內的情況？更何況自己並沒有希望是他殺，單純覺得梨緒不可能自殺，而且眼前的現場看起來像他殺，自己只是說出了真實感受而已。

「既然你認為是自殺，那就說說你的根據。」

「比方說這個。」

倉石意興闌珊地轉動脖子，他的視線看向放在景觀窗前的金魚魚缸。一尾和金魚缸底部，鰓蓋一開一闔。旁邊的塑膠容器中裝的應該是魚餌。

「這和自殺有什麼關係？」

三澤問這句話時，一名年輕的鑑識人員跑到倉石身旁，不知道向他報告什麼。三澤著急地叫了一聲，倉石伸出手，示意他等一下。

三澤咂嘴，看向浮島。浮島臉色蒼白，凝視著梨緒。他握緊拳頭，拳頭微微顫抖。可以感受到浮島的強烈感情。

三澤自己呢？

他無法正視梨緒，視線持續逃避。對自己這種行為的罪惡感慢慢滲進心裡。

「你怎麼認為？」

浮島沒有回答。

「你認為是自殺還是他殺？」

「……不知道。」

「你怎麼看那些恐嚇傳真？」

「不知道，我不……」

浮島已經完全收起剛才在車上時咄咄逼人的態度。

「努力維持平常的樣子，小心倉石會胡亂猜疑。」

三澤向浮島咬耳朵後，用力吐出一口氣，然後環顧室內。

房間內的東西並不多。單人床、小桌子、垂榕盆栽。左側的架子上放滿法律書籍，右側的架子上是附有傳真功能的電話，一張接收傳真的紙垂在那裡，上面也潦草地寫著〈去死！〉的文字。

梨緒就倒在垂榕的盆栽旁，三澤再次移開視線，他感覺到自己的眼眶發熱。

他注視著倉石，鑑識人員似乎已經報告完畢。

「雖然她是實習生，但也算是我們的人，我想趕快知道鑑識結果。」

「那天她也在解剖室吧。」

倉石說的是上週四的司法解剖，倉石那天也在場。

「廢話少說，趕快說明你認為是自殺的根據。」
三澤大聲說道，倉石面不改色。
「你看了刺傷的傷痕嗎？」
「還、還沒有……」
倉石跪在屍體旁，用手指撥開襯衫，露出傷口。
「刀子以和地面平行的方向插進身體，如果是別人拿刀刺進蹲在地上的人身體，角度會朝向下方。」
三澤向前一步。他沒有感受到浮島移動的動靜。
他看到梨緒的鼻梁，還有白皙的脖頸……
他不由自主地說：
「也可能是站著的時候被刺殺，被刺殺之後，才蹲下來倒地——有沒有這種可能性？」
倉石站起來，用下巴指向垂榕的盆栽。
「葉子上有血跡嗎？」
三澤的肉眼無法看到血跡。
「魯米諾反應是陰性，但是——」

倉石摘下一片垂榕的葉子翻過來，即使站在三澤的位置，仍可以看到上面沾到飛濺的血跡。

「只有背面有血跡，所以不可能是站著遭到刺殺。」

三澤正準備點頭，又回到最大的疑問點。

「這麼多傳真要怎麼解釋呢？難道不是有人刺殺齋田之後，把這些傳真紙撒一地嗎？」

「你眼睛了嗎？你仔細看清楚，傳真紙都在她的身體下方，血跡都在紙上，這個女人自己把傳真紙撒滿地之後，把菜刀刺進胸口。」

三澤大吃一驚。

「她自己……」

「她不僅自己撒在地上，而且八成也是她自己傳真過來的。」

「啊？」

「這很簡單，可以去便利商店，或是也可以從檢察官室傳來這裡。」

三澤一片空白的腦袋中響起倉石的聲音。

「目前正在比對筆跡，還有電話紀錄，遲早會有結果。」

「等一下！」

三澤說話的聲音變尖銳。

「齋田為什麼要做這種事?她寄恐嚇傳真給自己?誰會相信這麼離譜的事!」

「別人相不相信就不關我的事了。」

「不關你的事?你這個混蛋!竟然隨便亂說一通!」

「解離性身分障礙……」

浮島瞪大眼睛,小聲嘀咕著。

三澤一時無法理解。解離性身分障礙——

「一定是這樣,齋田有多重人格……我有這種感覺,她發生這種狀況也並不奇怪。」

三澤覺得言之有理。

他低頭看著字跡潦草的傳真。這些字寫得亂七八糟,這些文字充滿惡毒的惡意。如果真的是梨緒寫的,一定不是她本身,而是和她不同的另一個人格寫的,否則根本無法解釋目前的狀況。

她在年幼時曾經遭到舅舅的性虐待,為了擺脫這種痛苦,她在自己內心創造另一個人格,然後把痛苦的記憶交給那一個人格。但是——

三澤再次看向傳真上潦草的字。

新的人格會不會是「男人」？梨緒發誓要「制裁男人」，立志成為法官，她在內心創造一個「男人」。果真如此的話，只能說太諷刺了。那個「男人」發現之後，襲擊梨緒，驅逐「女人」。八成是性侵犯和大井的司法解剖觸發了這一切。

三澤垂下頭。

「這是他殺，齋田被她內心的『男人』殺害了。」

「是自殺。」

倉石再次重申。

三澤的怒火再度燃起。

「對，形式上是這樣沒錯，報告上也會這樣寫，但是，齋田並不是想死而死，而是被『男人』奪走主動權的手，把菜刀刺進自己的胸口，你必須承認這一點。」

倉石用鼻子冷笑一聲。

「多重人格會搶奪身體，一旦把身體殺死，不是就什麼都完了嗎？」

三澤瞪大眼睛。

「你懂什麼？她活在一個如同地獄的世界，兩個人格激烈交戰，導致她無路可退，身心都徹底崩潰，才會走到這一步。至少我是這麼認為的。」

「並不是只有多重人格會這樣，每個人活在世上，都在不同場合區分使用好幾個人格，只是平時都混在一起，無法察覺而已。」
「你的意思是，齋田並沒有多重人格嗎？」
「無中生有是對死者最大的冒瀆。」
三澤激動起來。
「是你在冒瀆她！你對齋田瞭解幾分！你怎麼可能知道連我們也不知道的事？」
「至少把菜刀刺進她胸口的不是你說的『男人』，而是女人自己。」
「你把話說清楚！你到底有什麼根據！」
倉石轉頭看向金魚缸。
「你自己看啊，無論是人還是魚，滿足時的樣子都差不多。」
「別廢話了！趕快說！你為什麼斷言不是『男人』刺殺她？」
倉石走到窗邊，打開塑膠容器的蓋子，從裡面抓了一把乾燥的水蚤丟進魚缸。
「喂——」
「閉嘴！」
水蚤像煙霧般散開，緩緩沉入水中，然後漂到和金面前。和金張開嘴巴，把飼料吸進嘴裡，但又吐出一大半。
倉石轉過頭問：

「看到沒有？」

「那又怎麼樣？牠只是吃飽了而已。」

「這就是重點。女人在死之前餵了飼料。她已經決定要去死，所以餵了比平時更多的飼料。」

「那又怎麼樣？」

倉石一臉「你怎麼還不明白？」的表情繼續說道：

「你們說的『男人』，會想到這種事嗎？」

「啊……」

三澤覺得視野頓時暗下來。

他似乎看到梨緒的身影，看到她餵金魚的身影。她彎著腰，露出悲傷的眼神注視著金魚——

三澤仰頭看著天花板。

「男人」並不存在。梨緒就是以梨緒的身分殺了自己。

沒錯。她是不是清楚記得舅舅對她的性虐待？根本就不存在讓她寄託痛苦的另一個人格。

不，等一下。

「那要怎麼解釋恐嚇傳真呢？」

浮島問。這正是三澤內心的疑問。

「調查官，請你說明一下，難道你認為寫這些惡劣的恐嚇內容、傳真到這裡的也不是『男人』，而是齋田自己嗎？」

三澤說話的語氣已經忘了目前是在工作。

「沒錯。」

「我搞不懂，齋田為什麼要做這種事？」

「這是偽裝。」

「她想要偽裝成他殺嗎？」

「對。」

「為什麼要把自殺偽裝成他殺？難道齋田想要陷害某個人嗎？」

三澤察覺到自己臉色發白。該不會是想要陷害我們……

「不是，她是為了欺騙自己進行偽裝。」

「欺騙自己？」

「她希望偽裝成被男人殺死，即使只是形式上，她也希望帶著對男人的憎恨離開這個世界。」

倉石看著梨緒的屍體。

「這個女人憎恨的不是男人，她恨不得殺了的對象是女人——是她自己。」

浮島停止眨眼。三澤也一樣。

倉石的視線仍然停留在梨緒身上。

「我無法忘記她注視著解剖時的雙眼，那雙眼睛在說，趕快動手，趕快割下去。她厭惡女人的身體，覺得是骯髒、難以原諒的東西。那個女人的眼神透露出這種想法。」

太悲哀了。倉石帶著一絲這樣的表情走出房間。

房間內只剩下一臉茫然的三澤和浮島。

梨緒憎恨女人，憎恨自己，所以殺了自己這個女人……

三澤咬著嘴唇。

性虐待、性侵。她認為都是自己的過錯，她認為招致這些骯髒行為的自己最骯髒。她一直自責不已，一直憎恨自己內心的「女人」。

雖然她知道這太不公平，所以曾經掙扎，試著憎恨男人，她努力想要戰勝往事。她下定決心要「制裁男人」，用這種方式激勵自己，試圖藉由這種方式保持自己的清白。她穿上好幾層盔甲，開拓邁向法官之路。但是——

性侵犯撕開她的盔甲；在解剖台前，看到自己的本性。

女人受到制裁。

絕望。這就是她自殺的動機。

無法理解。即使這樣仍然無法理解梨緒的原點是什麼？無法理解發展到讓她如此憎恨「女人」，甚至不惜毀滅自己的過程。

三澤覺得梨緒仍然有所隱瞞。她隱藏著秘密，她帶著這個秘密，孤獨地離開這個世界。

「浮島。」

「……是。」

「齋田有沒有對你說過什麼？」

「就只有那些，我剛才在車上說的那些就是全部。」

浮島的手摸著眼角，但隨即浮現好像突然想到什麼的表情，「啊」了一聲。

「怎麼了？」

「聽到聲音——她曾經這麼對我說。」

「聲音？什麼聲音？」

「她沒說。」

「……是幻聽嗎？」

「不知道。」

「齋田到底為什麼會死？」

「無法制裁男人……可能她發現到這件事。」

三澤點點頭。

「我們殺了她。」

「沒錯，就是這樣。」

浮島的聲音帶著哭腔。

三澤看著景觀窗的金魚缸。

倉石的觀察眼在解剖室內並不是只看到梨緒的表情而已，三澤當時屏住呼吸，觀察著梨緒的樣子。不知道倉石今天看到三澤和浮島面對梨緒屍體時的樣子，又有什麼感想。

雖然無法追究自己的法律責任，但是……

刑警和鑑識人員走進來，他們要把屍體搬出去。

好幾雙手把屍體抬上擔架。頭髮遮住她的臉，直到最後都無法看到梨緒的臉龐。

三澤總覺得她不希望被人看到。

悔恨塞滿胸口。

〈聽到聲音——〉

梨緒到底隱瞞了什麼？

早知道應該問她，應該身為上司，身為一個成年男人，承接住她的苦惱。

浮島吸著鼻涕。

三澤合起雙手。他在最後一刻，並沒有移開視線。

蓋上毛毯的梨緒離開了房間。

4

——我真是太傻了。

梨緒責罵自己。

從見供的眼神中看到「舅舅的癖好」。雖然她閃過這個念頭，但是自己想太多了。見供的眼神很溫柔，百看不厭。自己腦筋有問題，竟然認為見供和舅舅一樣。

「梨緒，可以請妳幫我一個忙嗎？」

在喝完第二杯紅茶時，見供問她。

「幫忙？」

梨緒雙眼發亮。

「是啊，我想請妳協助我整理藏書。」

「我可以幫忙。」

「可以嗎？」

「當然，只要我能夠幫上忙。」

「太好了，那妳跟我來——」

他們先回到和室，然後來到簷廊，穿著舊拖鞋繞過簷廊外的狹窄通道時，發出嘎啦嘎啦的聲音。穿越整理得有條不紊的中庭，庭院後方有一個茶室，繼續往前走，有一棟水泥小平房。

「來吧，這裡就是我家的圖書館。」

見供開玩笑說。

「圖書館嗎？」

梨緒也語氣開朗地說，但是當見供打開門時，她立刻收起臉上的笑容。

門內是通往地下室的階梯。

「嚇到了嗎？書都在地下室。」

「啊，不，沒事。」

「那走樓梯時要小心。」

見供走下樓梯，梨緒來不及猶豫，就把拖鞋胡亂脫在門口，跟著他走下去。樓梯很昏暗，而且很陡。

地下室鋪著木地板，差不多有十坪大，中央放著沙發和茶几，其中三面牆都是書架。梨緒不知道這裡總共有多少書，她轉了一圈打量書架時，發現脖頸後方冒著冷汗。雖然很輕微，但有點想吐，好像暈車的感覺。

——怎麼會這樣？怎麼辦？

梨緒有點不知所措。

見供把手伸向書架。梨緒很想離開，但又擔心自己說要離開，見供可能會不高興。

梨緒忍耐著，發現不僅想要嘔吐，而且開始暈眩，頭也悶悶脹脹的。

見供可能察覺到動靜，突然轉頭問她：

「妳怎麼了？」

「不好意思，我有點不舒服……」

梨緒準備走向沙發，但重心不穩，差一點跌倒，幸好見供抱住她。

見供的胸膛寬闊而溫暖。

——天啊！怎麼會這樣……

梨緒屏住呼吸。

眼前的發展太出乎意料。她曾經想像遇到「醫生」後的各種情況。不知道聊天投不投機，不知道他會不會喜歡自己，不知道能不能成為他的戀愛對象……但是，事先完全沒有想過第一次見面，就會被他抱在懷裡。

「妳還好嗎？」

「還好……」

頭暈好像快變成某種舒服的感覺。
但是……
太快了。梨緒的大腦發出警告。
再五秒鐘就好。
梨緒的五秒鐘一延再延，但仍然努力讓自己恢復理智，伸出雙手，想要推開見供的身體。但是——
見供並沒有放開她，摟著她後背的雙手反而更加用力，而且越來越用力，已經不是「摟抱」而已，更像是「抱住不放」。他用力的程度出乎意料，那是和愛情無緣，而是帶著某種惡意的力氣——
原本令她怦然心動的擁抱一下子變成痛苦。
「不要……」
梨緒那幾乎聽不到的驚叫聲沒有帶來任何變化，集中在背部某一點的力氣越來越強，梨緒的身體以那裡為支點，用力向後仰。
痛苦變成恐懼。
梨緒掙扎著，抬頭看著見供的臉，忍不住倒吸一口氣。
舅舅的眼睛正低頭看著自己。

「那就來讓妳爽一下。」
房間內響起陰沉的聲音。
「不要!救命!」
「妳不是想讓我上，才來找我的嗎?看妳滿臉飢渴的樣子。」
「為什麼?不要!」
見供笑得露出牙齦。
「妳甚至不惜利用父母死去這件事，太明顯了，妳這隻母狗，試圖博取我的同情勾引我。」
「我、我沒有——」
壓迫後背的力量消失了。梨緒察覺到這件事的瞬間，發現自己的身體被粗暴地推到地上，高大的身體撲過來。他騎在自己身上，用膝蓋按住梨緒的側腹，一把抓住她襯衫的胸口，撕開她的襯衫。
梨緒尖叫起來。
她哭著大喊，但是身體無力抵抗。
「不要!求求你!不要!」
「少囉嗦!」

梨緒幾乎無法抵抗，見供甩了她一巴掌。

梨緒瞪大眼睛愣在那裡。她的手腳都無法活動，恐懼讓她全身都無法動彈，簡直就像被鬼壓床一樣。

她的衣服被脫下來。

身體被掰開。

梨緒很想閉上眼睛。至少希望可以閉上眼睛。

見供壓在她身上，不僅是眼神，他的臉也完全變成了舅舅的臉。她的項鍊被扯斷，珍珠嘩的一聲散開，在地上滾動。那是媽媽的遺物——

就在這時，舅舅的臉緩緩變化，梨緒發出無法成為驚叫的驚叫。

那是爸爸的臉。

爸爸的額頭冒著汗，臉漲得通紅，低頭看著梨緒。

耳邊響起媽媽的聲音。

〈這個孩子太可怕，真的是可怕的孩子。〉

媽媽的雙眼瞪著梨緒，那是看流浪貓的眼神。

是嗎……

怪我嗎……

這是我的錯……

她突然看到真相——

一定是這樣。

是媽媽殺了爸爸。

媽媽故意轉動方向盤，衝向對向車道——

梨緒想起來了，她想起來葬禮那一天的事。

兩具白色棺材並排放在那裡……

自己覺得鬆了一口氣……

喜悅不停湧上心頭……

見供的喘息聲被耳鳴吞沒。

她聽到另一個聲音。

那是自己的聲音。

〈去死吧！像妳這種女人趕快死了算了！去死！去死！趕快消失吧！〉

深夜筆錄

1

「中央銀座街」上還可以看到幾個採買的主婦身影。

雖然還不到約好的晚上七點，但佐倉鎮夫邁著輕快的腳步走上住商大樓的樓梯，推開酒店「貓」的大門。偵破一起大案子後來喝一杯，雖然過了四十歲，但這種徹徹底底的解放感絲毫不減。

店內燈光明亮，簡直就像是家庭餐廳。身材豐腴的媽媽桑美鈴背影出現在吧檯座位的正中央，她拿著口紅，正看著粉餅盒上的小鏡子。鏡子的角度一轉，那雙還沒有戴上假睫毛的小眼睛看著佐倉。

「啊呀呀，是佐倉啊，這麼快啊。」

佐倉不禁苦笑。

已經是二十多年前的事，現在說出來應該沒關係。當初在被開苞的床上，美鈴也對他說了同樣的話。美鈴當時對警界生龍活虎的新面孔情有獨鍾，佐倉知道光是L縣警內，就有四名刑警是他的「表兄弟」。

佐倉在美鈴旁邊的椅子上坐下，打量著牆上貼上鏡面的狹小店內。三個包廂座位都還沒有客人。

「你約了人嗎？」

「嗯，我約了北澤。」

「他要從深山的金盛警局過來這裡？」

「不，我約的是科搜研的北澤。」

科搜研的北澤是佐倉的高中學弟，只是比他小很多屆。這次的「教師命案」中，請北澤協助做DNA鑑定，所以傍晚打電話約他來這裡喝酒。北澤剛好在電話中欲言又止地說有事要告訴他。北澤那傢伙該不會有了喜歡的女人？

「科搜研有姓北澤的嗎？」

「是一名年輕的技術官，我之前不是曾經帶他來過幾次嗎？」

「喔喔，對對對，我想起來了，就是那個耳朵很大的眼鏡弟弟。」

美鈴在說話的同時迅速化完妝，把手伸向牆上的開關，把燈光調到營業時的亮度。陌生的五十歲女人立刻變回熟悉的媽媽桑。她張開兩片鮮紅色的嘴唇說：

「先不說這個，佐倉！你在東部社區的那起教師命案中立了大功！」

「嗯，還好啦。」

「我聽你們課的人說，嫌犯一直保持緘默，是你一直努力不懈，最後終於讓他招供。」

「不，沒那麼厲害啦。」

「就是那麼厲害啊，連神田都在誇你。」

佐倉有點得意。神田是中央警局刑事一課的課長，也是佐倉的直屬上司。

「但是啊──」

美鈴在說話的同時，走進吧檯內側，把垂在胸前的彩虹色絲巾甩到肩後，很快洗完手，從冰箱裡拿出冰塊。

「你一開始是不是覺得這起案子很輕鬆？畢竟簡直是以迅雷不及掩耳的速度逮到嫌犯。」

「是啊，我的確這麼以為。」

兩個星期前的今天，中央市東部社區一名二十九歲的高中老師比良澤富男被人勒死。凶手是五十二歲的深見忠明，曾經在飯店工作，深夜闖入比良澤家試圖行竊，富男醒來後，雙方發生扭打，深見用領帶把他勒死。雖然深見慌忙逃到戶外，但被鄰居看到，打一一〇報警，如同媽媽桑剛才所說，巡邏隊員在短短三十分鐘內，就在社區內逮捕到凶手。

「聽說他當時根本是甕中之鱉？流著鼻血躲在鐵軌旁的庫房後面？」

「是啊是啊，社區東側是鐵軌的防護鐵網，他無路可走。」

「這個男人真傻，應該往西逃才對啊。」

美鈴不屑地說完，用冰鑿把冰塊鑿碎。

「但是隔天我就開始緊張了。因為我聽說馬上就逮到凶手，才剛鬆了一口氣，但等到八點、九點都完全沒有人上門，而且那天原本說好要為青木辦慶生會。我看了電視的新聞報導，才知道凶手只說了一句他沒有殺人，就始終保持沉默。我既生氣，又很不甘心，結果一個人把桌上的菜全都吃光。」

佐倉同情地點點頭。

這家酒店對中央警局刑事一課的依賴程度很高，去年發生一起粉領族命案，當偵查工作陷入瓶頸時，這家店出現整整一個星期都完全沒有客人上門的慘況，美鈴說她當時認真考慮把店收起來。雖然稱不上是贖罪，但那起案子終於偵破後，大家就三不五時來店裡捧場，為媽媽桑貢獻一點業績。不光是基於人情，事實上大家都明白，打造一家可以不必在意保密問題，放心討論案情的「刑警酒店」，並不是一朝一夕能夠完成的事。

美鈴踮起腳，伸手抓住架子上的酒瓶，背對著他繼續抱怨著。

「知道你們還在追凶手，我也只好忍耐了，但是這次明明已經抓到凶手，你們卻沒有來店裡，讓我很受打擊。」

「發生了很多事啊。」

「我知道啊，是不是那個姓湯淺的律師惹的禍？聽說只要是他接手的嫌犯，他都會要他們行使緘默權。」

「沒錯，就是這樣，那天他剛好是輪值的律師。」

「真想告他妨礙我營業，幸好你花了一個星期，終於讓凶手招供。我還一度擔心真的會出問題呢。辛苦你了，來，這杯我請客。」

美鈴的語尾突然變得開朗起來，然後把一杯兌水酒遞到佐倉面前。

佐倉道謝後，把杯子舉到嘴邊。美鈴把豆子和蝦味仙貝倒在盤子裡，嘆了一口氣。

「但是這麼一來，比良澤家真的完了。縣議員在酒店小姐家裡馬上風，兒子又死在強盜手上，簡直就和甘迺迪家族一樣，根本是受到詛咒。」

佐倉露齒一笑。

「媽媽桑，妳把這兩個家族相提並論，甘迺迪家會傷心喔。比良澤爸爸是自作自受，他兒子富男雖然是老師，但聽說也是個花花公子。」

「這一點不也是完全一樣嗎？」

「嗯，那倒是。」

「話說回來，比良澤家果然是名門，爺爺當了三屆市長，雖然是很久以前的事了。」

「我知道，我讀小學的時候，市長就是比良澤市長。」

美鈴拿了一杯很淡的兌水酒，走回吧檯前。

「凶手是什麼樣的人？報紙上寫他是單身。」

「嗯，深見在二十多年前就離婚了。」

「離婚的原因是什麼？」

「老婆外遇。」

「是喔！」

美鈴驚叫起來，雙眼透出好奇。

「他太太和別人跑了嗎？」

「不，是因為兒子的血型有問題，就這樣發現了。」

「是喔！」

她的聲音比剛才大一倍。

「深見三十年前結婚，隔年長子出生，後來在兒子上小學時去驗血型，深見是B型，他老婆是O型，但他們的兒子竟然是A型。」

「啊啊，這就瞞不過了。」

美鈴語帶不屑地說這句話時，身後傳來開門的聲音。佐倉笑著轉頭一看，發現走進來的是肩上扛著威士忌木箱子的業者。美鈴說聲「辛苦了」，在送貨單上簽字。

佐倉低頭看著手錶。七點二十分。「教師命案」已經破案，照理說，全縣目前並沒有發生任何需要科搜研加班的重要案子。

「話說回來，那個男人真是心胸狹窄。」

美鈴有點生氣地說著，把佐倉的杯子拿到自己面前，又為他調了一杯酒。

「什麼意思？」

「小孩子快上小學的時候，不是最討人喜歡的年紀嗎？他應該把一切都放在心裡，繼續把孩子養育長大。」

「是嗎？恐怕不太可能。」

佐倉如果身處深見的立場，應該也不可能原諒老婆。

「然後呢？深見離婚之後怎麼樣了？」

「他一直是AS觀光的員工，升到課長之後，就升不上去。前年之前，在車站前的AS飯店櫃檯當主任。」

「有沒有女人？」

「聽說好像交過幾個女朋友，曾經和女人同居過，但沒有再婚，最後還因為單身而被裁員。聽說是老闆直接對他說，他沒有家累，就請他走人。」

「原來是這樣。」

美鈴回答的聲音中完全沒有同情。

佐倉又接著說：

「他被裁員時已經五十歲了，找不到工作，有一段時間過得像遊民一樣。」

「但仍然缺錢，結果就淪為小偷，真是可喜可賀啊。」

「媽媽桑，妳真冷酷。」

「他去比良澤家偷東西，是因為覺得那戶人家看起來比較有錢嗎？」

「是啊，當然是這樣，但深見對那一帶的環境很熟，他前妻的娘家就在那個社區。」

「是喔，是這樣啊。」

美鈴似乎失去興趣，然後好像突然想到什麼，看著佐倉說：

「那不就很奇怪嗎？」

「啊？哪裡奇怪？」

「既然這樣，他為什麼往東逃？他應該知道那裡被鐵軌擋住了啊。」

「深見說他當時六神無主。從比良澤家逃出來後，西側房子的窗戶打開，一個女人看到他，於是他不加思索地逃向相反方向的東側。過了一會兒，他才終於回過神，但又不敢再逃回去，慌忙找地方躲起來——妳覺得這說法怎麼樣？」

美鈴噘著嘴說：

「聽起來有點怪，這種時候，動物的直覺不是會發揮作用嗎？如果是我，應該不會逃去危險的方向。」

佐倉笑道：

「如果妳是凶手，我就束手無策了。」

「算了，沒關係。」

美鈴調好第三杯兌水酒，露出意味深長的笑容。

「佐倉，差不多該說說你是怎麼讓保持緘默的深見終於開口招供的？」

佐倉向來不把工作上那些血腥的案子帶回家，但如果在同事面前吹噓自己的功勞，就會惹人討厭，如果在記者面前誇耀自己，又會在組織內遭到排擠。美鈴很明白這些事，因此表情有一半是好奇，另一半是為了「做生意」。

「他自己招的，我什麼都沒做。」

「你別謙虛了。」

「我沒騙妳，因為他自從一開始說自己沒有殺人之後，無論對他咆哮，還是好言相勸，他都像佛像一樣毫無反應。不瞞妳說，這起事件是靠鑑識破案。」

「是喔，有什麼決定性的證物嗎？」

「起初完全沒有，命案現場是比良澤富男的房間，是一樓八張榻榻米大的空間。在採集指紋後，發現除了富男的指紋以外，還有二十三種指紋，但是和深見的十個手指的指紋都不相符，沒有一致的毛髮。現場有很多血跡，但是富男的鼻子和嘴巴流了很多血，乍看之下，根本分不清是富男還是深見的鼻血。」

「他們兩個人該不會是相同的血型？」

「不，我剛才說了，深見的血型是B型；不過比良澤富男是A型。」

「既然這樣，只要驗一下，不就知道是誰的血了嗎？」

「我當初就這麼想，但是這個方法行不通。因為鑑定結果顯示現場所有的血都是A型，完全沒有發現深見的B型血跡。」

「這是怎麼回事？難道他在房間時沒有流鼻血嗎？」

「原本差一點得出這樣的結論。沒想到——」

佐倉拿起杯子，喝了一口兌水酒。

美鈴急切地把身體挪向佐倉的方向。

「你不要吊我的胃口，沒想到什麼？」

「DNA鑑定發現問題。比較大片的血跡不是送去血液鑑定，而是送去做DNA鑑定，其中有一個血跡和深見的DNA型一致。」

美鈴瞪大眼睛。

「DNA型？DNA有分不同的類型嗎？」

「妳以前是不是不知道？我是第一次知道，覺得太厲害了。ABO式的血型不是只有四種類嗎？DNA竟然有四百三十五種類，現場的DNA型竟然和深見的一致，而且那是大約一百萬人中只有一個的DNA型。」

「是喔！」美鈴這次說話的音量最高。

佐倉得意地繼續說道：

「L縣的人口大約兩百八十萬人，所以我告訴深見——命案現場的地上留下了全縣不超過三個人有的DNA型。相同DNA型的人從那棟房子逃出來，你認為有哪個法官會認為凶手另有其人？」

「太帥了！」

美鈴拍著手，然後壓低聲音問：

「然後呢？」

「深見閉上眼睛，整整三十分鐘後，才終於睜開眼睛，打破了維持一週的沉默說，對不起，人是我殺的。」

「這當然是你的功勞啊！」

「我不是說了嗎？這不是我的功勞，感恩DNA，讚嘆DNA。」

「不，不是啦，你對他說的那句話很棒，任何人都不得不招，我可以保證。」

美鈴大力拋個媚眼，為佐倉倒酒。

酒過三巡，佐倉的心情好得不得了。

這都是拜科搜研的北澤所賜，自己才能夠偵破這起案子，不僅如此，神田課長明知道是北澤的功勞，還誇獎佐倉這件事，更令他感到高興。半年前，神田說要把佐倉手下的青木調去其他警局，佐倉撂下狠話說，如果要把青木調走，那也把他一起調走。那次之後，和神田之間的關係就有點僵，這次的事件讓神田展現善意。神田知道媽媽桑一定會告訴佐倉，所以才會在她面前稱讚佐倉。這麼一想，就覺得「貓」這家酒店，不知道用這種方式修復多少人際關係。

「我問你，我問你——」

美鈴不知道什麼時候走進吧檯內。

「我看了報紙之後，對一件事很好奇。聽說深見被抓的時候，手上拿了一個塑膠容器。那是什麼？」

「喔……」

那是比底片盒小一圈的半透明容器。

「不知道是什麼東西，深見說是他撿到的。」

「那是用來幹什麼的？」

「不知道，有人說，可能是隨身的藥盒。」

「原來是這樣，你這麼說，感覺也有可能。」

美鈴打開有線電台，像是演歌間奏的旋律立刻從四面八方傳來。

「眼鏡弟弟會唱歌嗎？」

「他都唱『早安少女組』的歌。」

「那今晚就讓他喝個痛快，唱個盡興。」

「我約他來這裡，就是這麼打算。呃……」

「現在八點多了，要不要打電話給他？」

「嗯。」

佐倉從懷裡拿出手機時，手機剛好震動起來。

《啊，我是北澤，不好意思，我遲到了。我剛離開總部，十五分鐘就可以到。》

「媽媽桑生氣了，說你怎麼這麼晚還沒來。」

《那是因為……》

北澤吞吞吐吐地說。

《驗屍官倉石警視打電話給我們所長，結果搞得雞飛狗跳。事情和教師命案有關，我到了之後，再告訴你詳細情況。》

2

佐倉醉意全消。

佐倉和北澤坐在後方包廂座位，湊在一起說話。

「倉石警視說了什麼？」

「他在電話中只說了一句，要我們認真做DNA鑑定。」

「認真做鑑定……什麼意思？你本來就很認真，不是嗎？」

佐倉皺著眉頭，看著厚實鏡片後方的那雙眼睛。

北澤生氣地說：

「我當然很認真啊，採用的是縱列重複序列多型性——就是將DNA的MCT118部分大量複製進行鑑定的方法，118是不會製造蛋白質的無意義基因，個體差很大，是識別個體極其有效的方法。」

「你上次已經告訴我，結果就是在四百三十五種類中的一種，每一百萬人中才會有一個人，而且剛好和深見忠明是同一型——這一點沒錯吧？」

「沒錯。」

北澤的大耳朵都紅了。

佐倉停頓一下，問：

「既然這樣，倉石警視為什麼說要你們認真做？」

「不知道啊。」

「不知道？你們所長沒有問他嗎？」

「所長氣得掛他電話。」

「所長嗎？」

「對，因為倉石警視一副高高在上的態度，所長聽了很火大。雖然我只是普通公務員，但所長的職級是參事官。」

佐倉點點頭。所長的官階比驗屍官所在的調查官官階更高，而且科搜研的人除了官階以外，還有身為研究人員的自尊心。

「所長掛上電話後，直接去問刑事部長，但是田崎部長什麼都不知道。」

「這麼說來，是驗屍官擅自打電話去科搜研嗎？」

「好像是這樣，於是刑事部的人就打了驗屍官的手機，結果發現手機在他的辦公桌抽屜裡響個不停。」

「有沒有打去官舍？」

「沒有人接電話，雖然派人上門，但他根本不在家。聽說他這幾天每天晚上都出去喝酒，而且喝完一家又一家，根本沒辦法找到他的人。」

佐倉輕輕嘆了一口氣，用力抱著雙臂。

「科搜研的結論如何？」

「最後決定明天直接問驗屍官，然後就解散了。」

佐倉很失望。研究人員在這種事上似乎很放得下。

美鈴媽媽桑送來下酒菜。

「事情很嚴重嗎？」

「不，沒事。」

佐倉原本打算輕鬆回答，沒想到語氣有點粗魯。美鈴應該看穿了他內心的想法。

「那你覺得呢？」

佐倉看著北澤。

「什麼？」

「就是驗屍官那句話的意思，是要重做DNA鑑定的意思嗎？」

「我認為應該不是這個意思，但是……」

「但是什麼？」

「如果真的是這樣，也許是要求我們試試其他鑑定方法。」

佐倉很驚訝。

「還有其他方法嗎？」

「有啊，還可以針對DNA的HLADQα部分進行鑑定，如果是警察廳的科警研，也會用TH01的方法進行。」

「用我聽得懂的話說明，同時用不同方法鑑定，可以增加精準度嗎？」

「就是這樣。」

「那為什麼這次沒有做？」

「因為……在做了MCT118之後，鑑識人員沒有再送樣品過來。」

MCT118已經鑑定出決定性的結果——一百萬人中只有一個人的機率。而且深見忠明之後就全面招供，所有搜查人員的確一下子都放鬆下來。

深見就是凶手——佐倉的確信並沒有改變。無論科學偵查再怎麼進步，自白是「證據之王」這件事仍未改變。自己在偵訊時既沒有誘導，也沒有恐嚇，只是告知深見DNA鑑定的結果，深見聽後，就依自己的意志招供，這種「難以推翻的案件」相當少見。而且之後順利完成筆錄，下週地檢廳就會起訴，深見將會在法庭接受公審。

但是……

——認真做DNA鑑定。

如果這句話不是出自倉石之口，一定會一笑置之。

倉石在L縣警內是極其特殊的存在。『終身驗屍官』、『屍體清潔員』、『危機倉石』，他有很多綽號，外表看起來像黑道分子，說話犀利，讓周圍的人都敬他三分。雖然他不受長官的賞識，但很多年輕人都是他的信徒。不光是鑑識人員，很多刑警都自稱是「倉石學校」的「學生」，把他捧得很高。

不知道是幸運還是不幸，佐倉至今為止沒有機會和倉石建立交情，也許是他一直刻意避開倉石。他的本能無法喜歡倉石那種類型的人，雖然不清楚實際情況，但基於身為刑警的習性，向來會對誇大的形象投以懷疑的眼神。

「北澤——你也是倉石學校的學生嗎？」

「啊，不，我……」

北澤吞吐起來。

「我並不是在測試你的忠誠度，你可以實話實說。」

「他曾經帶我去喝過幾次酒，但只是這樣而已。」

「所以你並不崇拜他。」

「科搜研很少會去案件現場，其他人好像都是在現場發現倉石驗屍官真的很厲害。」

在現場發現他的厲害……

佐倉突然心神不寧。他曾經見識過無數命案現場，在現場時，臨場的所有人都傾注自己的經驗和觀察力尋找線索，以常識來說，任何人都不可能一直有特別的發現。佐倉向來認為，有一定年資的刑警和鑑識人員的洞察能力並不會有太大的差別，但是，如果真的有人具備了和其他人不同的「眼睛」——

佐倉忍不住抖了一下。

認真做DNA鑑定。

他漸漸認為，倉石是基於某種結論說這句話。

要認真做DNA鑑定，證明深見忠明並不是兇手——

佐倉立刻打消這個念頭，思考著那句話可能代表的其他意思。他的額頭冒著冷汗。沒有——即便他絞盡腦汁，仍想不到那句話還會有什麼意思。倉石認為深見是「清白」的，否則不可能說那句話。

他情不自禁站起來。

「北澤——告訴我驗屍官都去哪裡喝酒。」

「啊？」

「我去找他，無論如何都要在今天問清楚。」
「好，那我帶你去。」
佐倉制止北澤起身。
「不用了，我想和他單獨談話。」
「你要和倉石見面嗎？」
回頭一看，發現美鈴抱著雙臂站在那裡，露出緊張的神情。
「媽媽桑，妳認識他嗎？」
「他以前來過這裡幾次，他的眼神很可怕，第一次見到他時，我覺得他好像用眼神把我剝光光了。」

3

「躲貓貓」這家酒店店如其名，位在錯縱複雜的小路深處。

佐倉在黑色門前有點畏縮。雖然有好幾家刑警和鑑識人員都經常會去的店，但是如果說「貓」是屬於「刑警的店」，「躲貓貓」就完全可稱作「鑑識的店」。雖然之前喝醉酒的時候，曾經去過兩三次，但記得當時感覺渾身不自在。

「啊喲，真是稀客啊。」

他還記得明美媽媽桑的名字，媽媽桑穿著比口紅更紅的飄逸洋裝，走到門口來迎接他。

和「貓」很相似的店內有七、八名鑑識人員，正大聲唱著卡拉OK，也有年輕的鑑識人員看到佐倉走進來，不由得緊張起來。佐倉不是普通刑警，是保護縣政府所在地的中央警局刑事一課的重案股股長。

他伸長脖子環顧店內，沒有看到倉石。

「倉石先生沒來嗎？」

他在明美的耳邊問這句話時，正前方的廁所門打開，出現一張熟悉的圓臉。那是和他同期的岡嶋，目前是總部機動鑑識組的副組長。

「嗨，你怎麼會跑來？」

岡嶋向他打招呼。

「他有事要找校長。」

明美用矯情的聲音說道。

「太可惜了，他五分鐘前還在這裡。」

「是嗎？」佐倉問。

「先坐下吧。」岡嶋拉著他的手臂，但腳下不穩，拉著佐倉一起倒在包廂座位的沙發上。他已經喝醉了。

岡嶋硬是摟著他的肩膀問：

「你找校長有什麼事？」

「也不是有什麼特別的事，只是有點事想問他。」

「教師命案嗎？」

「嗯，差不多吧。你知道他去哪裡了嗎？」

「他說深見是清白的。」

佐倉看著岡嶋的眼睛。他的神智還很清楚。

「真的嗎？」

佐倉發問的聲音帶著懼意。

「校長一開始就認為深見有一半的機率是清白的，在深見被逮時，他就說，不久之後就會被釋放。」

深見是清白的，當然會被釋放。倉石認定是這樣嗎？

「我完全搞不懂，他為什麼說深見是清白的？」

「深見那個傢伙不是往東逃走嗎？」

佐倉覺得繃緊的肩膀放鬆。這就是深見清白的證據？

「美鈴媽媽桑也這麼說。」

「嗯，那個媽媽桑是天才，和校長有共同點。」

「這太荒謬了，現場明明就驗出了相同機率只有百萬分之一的DNA耶。」

佐倉感到憤慨，但也鬆了一口氣。

「但是校長說，如果覺得狀況不對勁，就要懷疑證據。」

「什麼意思？因為凶手逃向死胡同，所以代表現場的物證有問題嗎？你好歹也是鑑識人員，如果把這種胡言亂語當真，有辦法在現場辦案嗎？」

「要懷疑最確鑿的證據。這是校長的口頭禪。」

「你這個醉鬼，我看你就一輩子玩這種學校遊戲吧。」

岡嶋粗暴地搖晃著佐倉的肩膀說：

「喂，佐倉，你好可怕。」

「當然啊，我辦案可不是在玩遊戲。他往東跑又怎麼樣？他自己都說了，當時六神無主。」

「嗯，你說得有道理。」

「對不對？但你們的校長憑什麼認定他是清白的？」

岡嶋看向半空，似乎在用已經不太靈光的腦袋拚命思考著。

「喔，不是這樣。我剛才不是說了嗎？並不是因為他往東跑，就說他是清白的，起初只是說有一半的機率是清白，後來才說是完全清白。」

「什麼時候？」

「這……」

岡嶋茫然的雙眼連續眨了好幾下。

「對了對了，就是深見招供的那一天。」

「你說什麼？」

佐倉腦中一片混亂。

深見招供的那一天，倉石確信深見是清白的？

「對啊，在總部一課接到深見招供的消息時，我剛好在課裡，部長和課長都很興奮，但校長面色凝重，然後雙手用力拍著桌子站起來，讓人不敢靠近。」

「他可能很不甘心，因為他的直覺錯了。」

雖然氣勢洶洶地這麼說，但是新的不安在內心抬頭。

懷疑最確鑿的證據。

果然是DNA。所以他才會打電話去科搜研，倉石一定對這次的DNA鑑定產生疑問。

「岡嶋——」

「……」

岡嶋竟然一眨眼就睡著了。

「喂，岡嶋！」

「幹、幹嘛？」

「倉石先生去了哪裡？」

「不知道。」

「不知道？」

「老實說，我完全搞不懂校長的所作所為。」

「至少知道他可能去哪家店吧？」

「嗯，搞不好去了那家老人酒店，他昨天和前天好像都去了那裡。」

「老人酒店……？」

「就是一丁目的『Madam』酒店，你不知道那家店嗎？店裡的小姐都是超過四十歲的老女人，有些有錢人就喜歡那一味，法醫學教室的西田教授也整天往那裡跑。」

這就對了。

倉石是從西田教授那裡知道了DNA鑑定的情況。

佐倉站起來，推開拿著歌詞卡走過來的明美媽媽桑，小跑著衝出酒店。

4

他在晚上十點半走進「Madam」酒店。

店裡鋪著長毛地毯，間接照明的燈光很柔和，空間比「貓」和「躲貓貓」大五、六倍，豪華沙發之間的間隔很寬敞。

「歡迎光臨。」

身穿長禮服的女人出來迎接他。女人身材苗條，氣質出眾，五官秀氣，很討人喜歡，只是年紀差不多快五十歲了。

佐倉無意坐下來喝酒，從皮夾裡拿出一張一萬圓說：

「我在找人。」

他對女人說完，伸長脖子張望著。雖然店裡並沒有很多客人，但沙發的椅背很高，無法看到所有客人的長相。

佐倉轉回頭看著女人問：

「L醫大的西田教授有沒有來這裡？」

「沒有，今天晚上還沒看到他。」

他先說出教授的名字，消除女人的警戒。這一招奏效，女人的眼神中露出親切的笑意。

但是——

「倉石有沒有來？」

佐倉一提到這個名字，女人就開始緊張的神色，連佐倉都感到驚訝。

「不……呃……倉石先生今晚……」

女人說話語無倫次，佐倉不知道該如何理解眼前的狀況。

「好，那我改天再來。」

他轉身準備離開時，門打開了，頂著一頭好像棉花糖般白髮的老人走進來。他是西田教授，他一看到佐倉，立刻伸出手指，但說不出佐倉的名字。

佐倉鞠躬，說道：

「我是中央警局的佐倉，在司法解剖時，曾經打擾過您幾次。」

「喔喔，沒錯沒錯，我記得你。」

西田心情愉悅，帶來一位為他拿皮包的年輕人。

西田請他一起坐下來喝酒。沙發很柔軟，坐下去時，腰都埋進了沙發。坐在兩側的女人看起來都四十五、六歲。

西田吃著水果，說出令佐倉意外的事。

「不瞞你說，這家店是你們倉石在五天前帶我來的，我一試成主顧，每天都來這裡報到。」

「這樣啊……」

佐倉敷衍地應答，拚命整理著思緒。

倉石帶西田來這裡？是為了向他確認DNA的事嗎？難道是必須招待西田來這種高級酒店，才能夠打聽到的事嗎？解剖的執刀醫生和驗屍官是知己知彼的關係，如果要談正事，不是去西田的研究室就解決了嗎？

「喂，恭子。」

西田伸長脖子，叫了一名小姐。就是剛才聽到倉石的名字後驚慌失措的長禮服女人。

「教授，不可以叫人家的本名啦。」

坐在西田旁邊的女人笑著提醒他。

「啊，對喔。」

西田用力拍了一下自己的額頭，樂不可支地看著佐倉說：

「我跟你說，倉石前天問出她的本名。我偷偷告訴你，倉石對她有意思，不瞞你說，我也一樣。哈哈哈哈！」

恭子被叫過來後，坐在佐倉旁邊。她遞給佐倉的名片上寫著「繭子」的名字。佐倉覺得她沒有坐在對面，而是坐來自己旁邊，是不希望自己看到她的臉。

恭子……這個名字並不算少見，但是佐倉覺得哪裡不對勁。好像最近在哪裡聽過這個名字……

佐倉拿出香菸，她很自然地拿出打火機為他點火。看來她在酒店上班的資歷不淺。佐倉偷瞄了她的側臉，她的眼神有點落寞，看起來有點心不在焉。

她是倉石的女人嗎？

不，她剛才的反應顯然很害怕倉石。難道是和「教師命案」有什麼關係的女人？

「佐倉——」

「是。」

「你和倉石約好在這裡見面嗎？」

「不……」

佐倉覺得現在是大好機會，於是探出身體，手指交握。

「教授，我今天來這裡，是有事想要請教您。」

西田有些意外。

「喔？是什麼事？」

「和倉石差不多，我想瞭解有關DNA的事。」

「DNA？」

西田歪著頭納悶。

「不是血型的事嗎？倉石問了我血型的事。」

佐倉說不出話。

不是DNA。

血型。倉石到底想知道什麼？

只能正面進攻。

「西田教授——倉田向您請教了血型的什麼問題？」

「就是那個啊，報紙上不是有刊登嗎？你沒看到嗎？」

「是啊。」

「真傷腦筋，不過那篇報導的篇幅並沒有很大，雖然媒體很熱衷討論肝臟移植和複製人之類的問題。」

「請您告訴我。」

「總之，就是有一項研究結果顯示，一對夫妻有可能生下血型完全不符合他們的孩子。基因的研究證實了這件事，也就是決定血型的基因發生重組；說得更深入一點，就是基因的一部分因為缺損，導致酵素失去活性，用DNA鑑定可以明確知道是親子關係，但如果只驗血型，就會被鑑定為完全沒有關係的外人。」

佐倉愣住。

視野角落微微顫抖的身影漸漸模糊。

他知道了。想起來了。

酒上恭子——

這個名字曾經出現在「教師命案」的偵查報告中。就是三十年前，和深見忠明結婚，生下兒子後離婚的女人。

5

已經過了午夜十二點。

佐倉搭計程車前往中央警局。

值班的看守打手機給他，說倉石硬闖入拘留室，和拘留室內的深見忠明見了面。看守的聲音幾乎是驚叫。

他在十分鐘後來到警局。

穿越二樓的刑事一課，沿著狹窄的走廊走去拘留室。打開鐵門的年輕看守臉色鐵青。

「驗屍官呢？」

「他對深見說了一兩句話之後，就馬上離開了。」

「這樣啊……」

「對不起，他說是命令，我沒辦法……」

「沒關係。」

佐倉簡短回答後，站上看守台。「七號房」位在左側角落，夜燈的微弱燈光下，出現了一個跪坐的男人輪廓。

那個男人一動也不動。佐倉確信——深見這次是真的「坦白招供」。

殺害教師的真凶是深見的兒子——佐倉帶著另一層確信走下看守台，走向拘留室的房間。

「深見——」

佐倉低低叫了聲，五十歲男人轉過頭來，淚水在眼眶中打轉。

「佐倉先生……」

他把深見從房間內帶出來，面對面坐在保護室的榻榻米上。

「你願不願意說出來？」

「……」

「你可以坐得輕鬆點。」

「……」

「這不是審訊，你可以隨便聊。」

「……」

深見仍然跪坐在那裡，他深深低著頭，可以看到他的頸骨。

「你知道真相，我應該也是。」

「……」
「剛才來找你的那個男人不是已經跟你說了嗎？」
深見反應很明顯，他的肩膀開始顫抖。倉石果然把血型和DNA鑑定的事都說了。
深見微微抬起頭，抬眼注視著佐倉。
「我……的確……」
他的聲音幾乎是嗚咽。
「……我……可能錯了……」
這次輪到佐倉沉默不語。
「我必須說實話……我必須說出真相……」
漫長的沉默。
深見再次低下頭，然後開口。
「佐倉先生……對不起。我會說出真相，我會說出一切。」
但是，等了好幾分鐘，他都沒有說出下一句話。佐倉耐心地等待。
深見抬起頭，這次注視著佐倉。
他張開顫抖的嘴唇。
「這些年，我一直……一直痛恨恭子。得知長子……得知勇作……竟然不是自己的親生兒子，我勃然大怒。恭子說她沒有外遇，她哭著說，勇作是我的孩子，但是，我要怎麼相信？當時並沒有DNA鑑定，B型和O型的父母不可能生出A型的孩子，這是無法改變的事實……恭子每次否認她外遇，我就會動手打她，把她打得鼻青臉腫，也曾經踹勇作，腳尖踹進他柔軟的身體……」

眼淚滴在榻榻米上。

「離婚之後，只剩下我一個人……我仍然痛恨恭子，整天詛咒她。我覺得她毀了我的人生，我也曾經和其他女人交往，但是都無法再真心相信任何人。無論如何，我至少有工作，我對自己在飯店工作感到自豪。沒想到……我的工作也被奪走了。我失去生命的動力。我沒有錢，只能搬出公寓，久而久之，就像遊民一樣露宿街頭，舊報紙是可以禦寒的被子，也是我唯一的娛樂。然後……有一天，我看到了那篇關於血型的報導……」

深見放在腿上的手握緊拳頭。

「我全身發抖，一整天都顫抖不已。我想起恭子的臉，想起她哭著訴說，勇作是我的孩子的臉。我開始覺得，也許是真的，她的話也許是真的，然後很想確認，勇作是不是我的親生兒子……」

佐倉默默點頭。

深見用袖口擦拭眼淚，又繼續說道：

「這也是我從報紙上看到的消息，我得知只要出錢，有公司可以做DNA鑑定。費用是二十萬圓。我去打零工存錢，拜託以前在飯店工作的同事，向他借了地址，然後把錢匯給那家公司。那家公司很快就寄來一個塑膠小容器，只要拿到一根有勇作毛囊的頭髮，就可以進行鑑定。於是，我在深夜去了東部社區，將近兩個星期，都一直偷偷觀察有沒有機會溜進勇作在二樓的房間。我好幾次看到恭子，她都在深夜回家，我馬上就知道，她在酒店上班。我的心情很複雜，既覺得自己讓她受苦了，又覺得她就是水性楊花，才會去做這種工作，所以她之前一定在外面有男人。但是，只要做DNA鑑定，一切都會水落石出，真相大白。我這麼告訴自己。然後……就到了那一天……」

深見露出回憶往事的眼神。

「勇作在凌晨一點出門，那天晚上我知道恭子在家……該怎麼說，我情不自禁地跟蹤了勇作。」

深見的喉嚨發出咕咕的聲音。

「……我懷疑自己看錯了。勇作偷偷溜進比良澤先生家中，他撬開玄關的鎖進屋，屋內一片漆黑。他一定以為屋裡沒人，我猜想他可能想偷錢。不一會兒，屋內傳來吵鬧的聲音，我猜想是和比良澤家的兒子扭打起來。我不知道該怎麼辦，在玄關旁乾著急，在心裡大叫著，趕快出來，趕快出來。不一會兒，屋內安靜下來，勇作從玄關衝出來。我當時真的六神無主，失去思考能力，陷入奇怪的錯覺，我覺得勇作是在跑向我的懷抱，於是忍不住張開雙手。下一剎那，就挨了一拳。勇作頭也不回地逃走了。我搖搖晃晃跑到馬路上，結果隔壁的窗戶突然打開，我和一個女人四目相接。我慌忙逃跑。沒錯，我逃往東側。因為我知道勇作往西逃跑……」

佐倉點點頭，張開被乾掉的唾液黏在一起的嘴唇。

「你想保護他。」

「……我不知道，一切發生在轉眼之間……但是，在鐵軌旁遭到逮捕，得知是一起殺人命案後，我動搖了。如果勇作不是我的親生兒子，我到底為什麼要淪為殺人犯？所以就聽了律師的話，保持沉默。」

「結果因為我說服你招供時的內容，讓你不再猶豫。」

「對……我在那瞬間，確信自己是勇作的父親。」

全縣最多只有三個人的DNA型——

父親和兒子兩個人的DNA在那個現場交織在一起。

現場血跡的謎團同時解開。在屋內打鬥的勇作和比良澤富男的血型都是A型，深見根本沒有進去命案現場，當然不可能在現場留下B型血液。

倉石洞悉了這一切。

他確信清白的人坦承自己是兇手的瞬間，他就察覺到有人「躲在暗處」。

如果覺得狀況不對勁，就要懷疑證據。

熟悉命案現場附近環境的人，不可能往東逃。倉石對這一點產生質疑，於是開始懷疑證據。

懷疑最有力的證據。

最有力的證據並不是DNA，而是任何人都深信不疑的、藉由血型進行親子鑑定。他對這個「神話」產生質疑，成功地推翻這個「神話」。

佐倉看著深見。

深見根本不是倉石的對手。雖然用MCT118的方式鑑定，父子兩人的DNA型一致，但是，現場留下的只要不是深見的DNA，之後再用其他鑑定DNA的方式進行鑑定，一定會出現不一致，就會證明深見不可能是兇手。倉石將這件事告訴深見——

等一下。

佐倉覺得好像聽到雷鳴聲。

剛才來這裡時，看守說了什麼？沒錯，「一兩句話」。倉石只說了一兩句話就離開了。

不可能。倉石不可能用一兩句話說明DNA這麼複雜的問題。

佐倉再度看向深見。

「剛才來這裡的人對你說了什麼？」

深見痛苦地閉上眼。

「你不是父親，別再拖拖拉拉——他這麼說。」

不是父親……

倉石為什麼要說這種謊？

不，深見為什麼聽了這句話，就決定招供？

佐倉還沒有發問，深見就主動開口。

「我認為他在對我說——真正的父親不會讓殺人的兒子逍遙法外。」

佐倉沉默片刻。

〈……我……可能錯了……〉

這是深見說的第一句話，佐倉有一種恍如隔世的感覺。

他接受倉石的話。不能袒護兒子，這不是真正的父親——

佐倉從腹底深處吐出一口氣。

「要不要回去了？」

「好。」

「只剩今天晚上，明天做完筆錄後，你就會獲得釋放。」

佐倉站起來，然後注視跟著起身的深見雙眼。

「我對剛才那個男人的話，有不同的理解。」

「啊？」

「忘記吧，別在意血緣了——我認為這是他想要傳達的意思。」

深見注視著半空。

「忘記吧……別在意血緣了……」

「我認為這樣比較好。」

「……」

「他們兩個人都是二十九歲。」

「啊？」

「勇作和比良澤富男不是都二十九歲嗎？相同的年紀，生活在同一個社區，這意味著小學和中學都是同學。」

「啊……」

「我不知道這起命案的導火線是不是闖空門，因為他們之間有二十九年的時間，你明白我的意思嗎？但你並沒有。你和勇作之間並沒有一丁點這樣的時間。」

倉石應該想要對他說，一個人好好活下去。

深見垂下肩膀，然後抬起含淚的雙眼。

「我知道，我之前沒有為他做過任何事，以後也沒辦法……但是……但是……」

佐倉注視著深見憔悴的臉龐，恭子悲傷的側臉似乎和他的臉重疊在一起。用血型鑑定親子關係。只有這個家庭發生了因為這種不確實而造成的悲劇嗎？

佐倉輕輕拍拍深見的肩膀。

保護室的門打開，然後又無聲地關上。

黑星

1

「局長。」

「呃……喔，原來是你啊，嚇我一跳。」

「不好意思，打擾你散步。」

「是牠要散步，我只是陪牠散步。」

「哇，牠又長大了。」

「伙食費也跟著增加——今天晚上有什麼事？竟然讓大報社的主編深夜出動。」

「就是關於十条加織的案子。聽說明天要進行司法解剖，真的嗎？」

「喔……嗯。」

「不是已經認定是自殺了嗎？這是公關課在傍晚公布的消息。」

「……」

「沉默以對嗎？至少請你告訴我，是不是已經確定是自殺。」

「我們邊走邊聊，否則牠會咬你。」

「你願意告訴我嗎？」

「你們報社早報的截稿時間是幾點？」

「……」

「這次輪到你沉默了嗎？你們真的很奸詐，每次只會催別人什麼事都要說清楚。」

「好吧，那我告訴你，但請你不要告訴其他報社，截稿時間是半夜十二點半。」

「現在呢？」

「現在是十二點十二分。」

「那現在不能馬上告訴你。」

「局長！」

「你不要激動，明天早上會公布，你就寫在晚報上了。」

「你多少透露一點嘛，只寫官方公布的消息，根本沒辦法吸引讀者。」

「我有我的難處，如果警局在外面隨便亂放話，就會被總部盯。而且你不是已經四處採訪了嗎？十条加織以前不是很紅嗎？」

「對啊，她穿著迷你裙唱演歌，所以被稱為迷你裙演歌，也經常上電視。」

「是啊，但歌手一旦不紅就很慘了，你聽說她隨身物品的事了嗎？」

「聽說了，雖然金錢都由經紀人負責管理，但她只有運動服、內衣褲和化妝包而已，也只有兩件表演用的金絲裙子，這個月都得在縣內的溫泉區表演晚宴秀。」

「應該是之前大麻疑雲影響她的演藝事業。」

「總公司說，就是那個大磯一彌教她吸大麻。」

「就是那個體操獎牌選手，無論在哪個時代，壞的都是男人。」

「我們進入正題吧。十条加織是在下午兩點多在飯店辦理入住手續，下午三點的談話性節目報導大磯一彌和東洋火腿董事長的女兒閃電訂婚的消息。十条加織在四點之前，從七樓的房間跳樓。這不是臨時起意的自殺嗎？之前陷入大麻疑雲，接受警視廳偵訊時，她堅決不肯說出是誰給她大麻，她對大磯死心塌地，但是看到談話性節目後終於絕望，內心的恨意爆發，於是就用自殺的方式表達怨恨，不是嗎？」

「現在幾點？」

「呃……啊，截稿時間已經過了。」

「我也說了和你相同的話。」

「啊？什麼？」

「就是認為她用自殺表達抗議，但是倉石調查官不同意。」

「『終身驗屍官』倉石先生嗎？」

「對，只有倉石先生不同意我的看法。」

「他比你年長嗎？」

「比我大一歲。」

「但是倉石先生為什麼這麼認為？如果不是要表達怨恨，那自殺的動機是什麼？」

「你也去過現場，應該知道現場的狀況，十条加織如果從自己房間的窗戶往下跳，就會掉落在正下方的葉牡丹花圃，但她死在旁邊的香雪球花圃中。」

「局長，等一下，我在現場有聽到這件事，但從窗戶跳下去時，只要身體稍微偏一點，就會掉落在旁邊的花圃中，這根本沒問題，偵查員和鑑識人員都這麼說。」

「問題在於倉石先生不點頭。」

「他的意思是，十条加織故意朝著香雪球花圃跳下去嗎？」

「如果是這樣，不仍然是自殺嗎？」

「什麼！不會吧？」

「……」

「局長，是這樣嗎？倉石先生說是他殺？」

「……」

「所以是有人把她推向香雪球花圃嗎？」

「倉石先生這麼認為——凶手使用哥羅芳讓十条加織昏迷，然後故意把她丟向香雪球花圃，掩飾嘴裡殘留的藥品味道。」

「啊？什麼意思？」

「你應該有看到吧，香雪球的花圃一片白色。」

「嗯，是啊，沒錯。」

「香雪球的白花在春天的花中算是香氣很濃的花，剛好可以掩飾藥品的味道。」

「掩飾味道？哈……哈哈哈哈哈！」

「我當時笑得比你更大聲。」

「誰聽了都會笑啊，再怎麼樣，也不可能基於這種理由認定是他殺。既然這樣，要怎麼說明遺書的事？雖然警方沒有對外公布，但我在現場有聽到，不是有遺書嗎？」

「對，在飯店房間的桌子上。」

「裝在信封裡嗎？」

「不，就只有一張信紙，上面用鋼筆寫了滿滿的內容。」

「遺書的內容是什麼？」

「看到訂婚記者會，決定一死了之，要讓大磯痛苦一輩子，諸如此類的洋洋灑灑。」

「已經確認是她的筆跡嗎？」

「嗯，只是用簡易鑑定的方式確認。」

「既然這樣，倉石先生這次真的翻船了，這個案子就是他的第一顆黑星。」

「不，他繼續保持連勝的紀錄。」

「為什麼？」

「她的皮包裡沒有鋼筆，也沒有剩下的信紙。」

「啊……」

「沒錯，她的隨身物品只有運動衣、內衣褲、化妝包，和表演時穿的金絲裙子，就只有這些而已。」

「但未必是在飯店房間寫遺書啊，搞不好她在入住之前，就已經寫好了。」

「喂喂喂，你這麼快就忘了嗎？遺書上不是寫得很清楚，是看到訂婚記者會，才想一死了之嗎？」

「啊！」

「所以確定是在房間看了談話性節目後寫下遺書。」

「但是……如果是這樣，到底是誰……」

「目前研判，十条加織是在凶手的唆使下寫好遺書，告訴她『只要引起自殺未遂的騷動，搞不好可以破壞大磯一彌的婚約』。」

「那凶手到底是誰呢？」

「誰有辦法做到這件事？」

「當然是她身邊的人……該不會是她的經紀人？」

「你說對了。雖然目前只是要求他主動到案說明，但剛才他幾乎都招了，也已經簽核逮捕令，明天一大早就可以逮捕他。」

「真不敢相信，竟然會有這種事……」

「經紀人的老家是園藝農家，怎麼樣？你現在願意相信了嗎？」

「所以才會這麼瞭解花……」

「沒錯，差不多該走了吧，這傢伙好像也累了。」

「但是殺人動機是什麼？經紀人不是靠十条加織吃飯嗎？」

「當初就是經紀人慫恿她吸大麻。」

「真的嗎？」

「他一直很擔心十条加織會告訴警方，十条加織看到訂婚記者會後火冒三丈，他在安慰之際，想到可以用這個方法，覺得可以趁這個機會徹底消除自己的擔心。」

「局長，你說得對，男人是壞蛋。」

「男人壞至少比女人壞好多了。」

「局長，剛才這些事，你沒有告訴其他報社吧？」

「我回家時，縣民新聞的人在家門口等我。」
「啊？他們不是暫停夜訪嗎？」
「好像又重新開始，因為獨家報導都被其他報社搶走了。」
「甲斐先生嗎？」
「不，是相崎，他很不錯，渾身充滿活力。」
「你告訴他了嗎？」
「在截稿時間之前，我當然不可能說啊。」
「『寶塚小姐』上門也一樣嗎？」
「啊？喔，你是說花園愛嗎？她真的很可愛。」
「你要小心提防她，在我們這個行業，做壞事的十之八九是女人。」
「哈哈哈！我們警局不一樣，女警都很老實溫順，你還沒結婚吧？怎麼樣，有沒有考慮帶一個回東京？」

2

驚蟄。農曆已經算是春天，但為什麼還這麼冷？

房間這麼小，床這麼小，卻冷得不得了。這都是因為心已經凍僵，才會這麼冷。

小坂留美把毛毯拉到鼻子。

「天底下的男人都一樣。」

她嘀咕著，內心感到懊惱不已。她之前已經決定不要再說這種話；如果男人都一樣，就等於承認女人也都一樣。

「那種傢伙……」

她再次嘀咕，然後又再次懊惱。誤把渣男當成是好男人的懊惱和悲哀湧上心頭。

沒錯，天底下的男人並不一樣，男人有兩種。

只想騙砲的男人……

以及，騙走女人的心後，再騙砲的男人……

如今覺得只想騙砲發洩獸慾的男人簡直太善良了。

「那種傢伙……」

明知道說了會後悔，但還是忍不住這麼嘀咕。

留美用毛毯蓋住自己的臉。

再過三天，就三十一歲了……自己的男人運實在太差勁。

小桌子上的電話響了。

凌晨一點多的來電。留美就像胎兒般縮著身體，用毛毯裹住身體。電話響個不停。她只露出眼睛看著電話。鈴聲仍然一直響。她知道自己情不自禁伸出手，是因為還放不下。明明受到這麼大的傷害，內心仍然希望聽到一句「對不起」。

《我是町田，不好意思，這麼晚打電話給妳。》

接起電話後，發現完全不如她的預期。

電話中傳來舊姓落合的春枝話聲。這是留美最不想聽到的聲音，偏偏還在今天晚上打來。

「……好久不見。」

《妳睡了嗎？》

「沒有，我還沒睡。」

脫口說出這句話後，留美忍不住咒罵自己。明明應該說自己睡了，然後掛上電話。

《真的很久沒見面了，妳最近還好嗎？》

「嗯，還是老樣子吧。」

每次聊天都是類似的內容，春枝每年會打一、兩次電話給自己，好像要確認留美仍然單身。

《真希望偶爾可以見個面。》

「是啊。」

雖然嘴上這麼說，但從來沒有具體約過見面的時候，這好像成為兩個人之間的默契。

《已經有八年了?還是九年?》

「再過一陣子，就快十年了吧。」

《哇，時間過得真快，我們都變成老太婆了。》

留美胸口發痛。能夠若無其事地說自己是老太婆，就代表生活過得很幸福。

留美想起半年前，春枝曾經寄來繪畫明信片，上面還有她寫的「百花詩」。留美記得收到時曾經在想，她真的很幸福。

「呃……不好意思，謝謝妳上次寄來的繪畫明信片，原來妳還持續在用草本花卉插花啊。」

《對啊，那是我唯一的興趣。》

聲音有點不太清楚。她似乎是用手機打電話。

「妳在戶外嗎？」

《不，我在室內。》

「今天好冷。」

《有嗎？我暖呼呼的。》

差不多該掛電話了。留美這麼想。

《搞不好我們明天會巧遇。》

留美一驚。

「……是啊，搞不好會在路上遇到。」

《我覺得我們真的會遇到。》

「嗯。」

《如果遇到的話，我們就一起去吃大餐。》

留美感到呼吸困難。

《總部前的那家咖啡店，還有營業嗎？》

「有啊，妳是不是說那家『番紅花』？」

《那家咖啡店的綜合三明治真好吃。》

「是啊。」

《午餐的披薩也好吃。》

「是啊。」

春枝似乎察覺到留美想掛電話，她沉默片刻後說：

《那就改天見。我們一定要見個面。》

留美掛上電話後，鑽進了毛毯。

她覺得心力交瘁。

進入L縣警察學校時，同一屆只有留美、春枝和久乃三名女警，在學校畢業，離開管理嚴格的宿舍生活，被派到第一線工作之前，她們三個人的感情勝過姊妹。

但三人卻愛上了同一個男人，對方是管區機動隊一名笑容燦爛的年輕男子。現在回想起來，當時三個女生用幼稚的心機相互勾心鬥角，因為很幼稚，所以對彼此造成了很大的傷害，三個人原本像姊妹般的感情也散了。

久乃擄獲了那個男人的心。她結婚後辭職，為他生了孩子。

如果之後有充分的時間，在感情上都受傷的留美和春枝或許有機會重修舊好，但是春枝抹殺這種可能性。久乃辭職後不久，她也辭職了。

這件事帶給留美莫大的痛苦。

警界這個圈子很小，三名同期的女警爭奪一名機動隊員的八卦，無疑是無聊的值班勤務中最理想的話題，添油加醋地傳到了每個人的耳中。春枝無法承受這些，所以一走了之。春枝曾經主動向那名機動隊員獻身，失戀顯然對她造成的打擊更大。在得知機動隊員最後選擇久乃之後，仍然不肯罷休，死纏爛打到最後，顯然已經身心俱疲。

但是，留美無法原諒春枝，痛恨春枝就這樣離開，把自己一個人留在八卦的漩渦中。留美當然也想辭職，卻沒辦法離開。她父親體弱多病，家裡還有一個還在讀高二的弟弟，而且她對通過競爭率二十倍的考試，才終於進入女警這一行感到自豪。她不願放棄這份自豪，每次穿上女警的制服，就告訴自己，這是在為民眾服務。

五年後，留美聽說春枝嫁給了一名上班族。春枝沒有寄喜帖給她，就算寄了，留美也不會去。

留美和警察以外的對象談了幾次戀愛，每一次都不順利。不是自己太性急，就是太冷淡，導致感情的發展陷入困境。她並沒有在初戀的挫敗和懊惱中得到成長，每次遇到新的對象，總是既徬徨又著急，因此當她得知春枝搶先一步結婚後，她無法保持平靜，一次又一次做出愛上渣男的愚蠢行為。

但是……留美在毛毯中嘀咕。

這次不一樣。之前一直這麼認為，而且深信不疑。

比她小三歲的男友個子高大，是高科技業的技術人員，夢想是研發出營業用冰箱都放不下的巨大萵苣。他是一個開跑車的玩咖，第一次約會時，帶留美去了一百五十公里外的湖畔餐廳。他很愛笑，很懂美食，當留美看過他所有的襯衫和領帶後，他們在一家樸素的市區飯店上了床。他們在床上很合，他在床上也很溫柔。那天之後，留美一直在等待他求婚。並不是因為急著結婚，而是內心告訴她，自己想和那個人廝守一輩子。

然而——

三天前，在他胸前聽到的話，仍帶著刺痛殘留在耳邊。

——下次約會時，妳把女警的制服帶來。

難道他無所謂嗎？換成是他自己驕傲的結晶——巨大萵苣被唾液和精液玷污也無所謂嗎？

嗶。

枕邊的鬧鐘發出報時聲。凌晨三點。

留美閉上濕了的雙眼。

是這樣嗎？該尋找新的戀情了嗎？

好累。

漆黑的視網膜上浮現春枝的臉。

嫉妒讓十年前的那張臉上出現了幸福的笑容。

3

「早安，可以請教一下嗎？」

「什麼事？」

「請問隔壁的倉石先生不在家嗎？」

「你也是警察嗎？」

「不，我不是。」

「他真的造成大家的困擾，整天都在家裡打麻將。我這裡是牛奶店，每天早上很早就要開門營業，但他根本不理會。打麻將打膩了，就帶一票看起來很不好惹的人出去喝酒，喝到早上才回家，而且經常不回家，還有好幾個女人出入他家，左鄰右舍對他的風評很差，他在警界應該一樣吧？」

「啊，不，這我就……」

「他一定直接去上班了，如果你見到他，請你轉告他，說鄰居都很生氣。啊啊，還要請他按照規定的日子丟垃圾。」

4

白色輕型車停在廢棄工廠的角落。

排氣管接上橡皮管，橡皮管的前端拉進車內，橡皮管的厚度造成駕駛座旁車窗產生縫隙，不過從內側用膠帶封住。

町井春枝的臉頰貼在駕駛座車窗的玻璃上，粗糙的皮膚充分說明了這十年的歲月。也許是因為她討厭化濃妝，所以在臨死之前不施脂粉，但是她微微張開的漂亮嘴唇上，精心地抹上了三十多歲的女人不太會使用的、充滿春天氣息的粉紅色口紅。

留美站在車旁一動不動，她的雙腳真的無法動彈，就算想離開，也辦不到。

驗屍官倉石警視一大早就打電話叫她來這裡。十年前，倉石是總部鑑識課的副課長，留美被分配到指紋股時，曾經在他手下工作過一年。就是春枝辭職的那一年，春枝也曾被分配到指紋股，但不到一個月就向倉石遞了辭呈。

留美和春枝曾經有一次一起去利用廢氣自殺的現場支援，倉石當時嘀咕說，吃安眠藥後用廢氣自殺，死相最好看。

春枝一定記住了倉石當時說的話。

數名鑑識人員圍住車子。

車門打開，春枝的身體差點倒在地上，鑑識人員慌忙伸手扶住她。留美看到她的手機放在裙子上，兩條腿顫抖得更厲害。

〈不，我在室內。〉

〈有嗎？我暖呼呼的。〉

春枝還這麼說。

〈搞不好我們明天會巧遇。〉

〈我覺得我們真的會遇到。〉

好過分。留美沒有說出聲音。

春枝確信，留美今天會在這裡，做目前所做的事。

即使如此，她仍然淚流不止。春枝為什麼要自殺？

「小坂——」

回頭一看，見到了令人聯想到杉木的倉石。他的頭髮都往後梳，眼神很銳利。留美想起曾經和春枝咬耳朵說：「他好像義大利的黑手黨」，然後相視而笑。

「調查官，春枝為什麼……」

她的聲音破音。她擦擦眼淚，又說了一次。

「春枝為什麼要自殺？」

倉石懶洋洋地轉動脖子說：

「還不確定是自殺。」

留美以為自己聽錯了。

「要充分相驗屍體後才知道。」

「那膠帶呢？膠帶是從內側封起來的。」

「只有駕駛座那一側而已，貼完之後，從副駕駛座那一側離開，把車門鎖上不是就搞定了嗎？」

「是、是沒錯……」

倉石緩步走向車子。

留美覺得他在裝模作樣。任何人一眼就知道那是自殺，她希望倉石能夠明確斷定，否則自己的內心無法平靜。

雙腿終於恢復正常。留美走向附近的刑警問：

「請問……知道她自殺的理由嗎？」

刑警冷冷地回答：

「她兩年前和丈夫分居，兩個孩子由婆婆照顧，目前只知道這些情況。」

留美瞪大眼睛，連續眨了好幾下。

〈哇，時間過得真快，我們都變成老太婆了。〉

原來她並不幸福……

倉石驗屍完畢後走回來。

「調查官，情況怎麼樣？」

倉石沒有回答，一雙沒有感情的眼睛看向留美。

「把妳所知道的情況告訴我。」

留美點點頭，吞了一口口水。

「她昨天晚上打電話給我時，從頭到尾聲音聽起來都很開朗，但是現在回想起來……她說的每一句話，似乎都透露出她死意堅決……」

留美咬著嘴唇。

「不必介意，妳沒有發現很正常——繼續說下去。」

「好、好……」

倉石沒有做筆記，默默聽著留美說話。

「電話的內容就這些，還有……」

留美從肩背包裡拿出明信片。

「雖然我不知道是否有參考價值，但這就是在電話中提到的繪畫明信片，春枝半年前寄給我的。她從年輕時曾經學過用草本花卉和身邊的花插花，辭職之後，似乎也一直沒有放棄這個興趣。」

春枝用水彩在明信片上畫著她插的花，然後用自來水筆寫了詩。留美之前曾經聽春枝提過，她的祖母是縣內知名的詩人，也許是因為這樣，春枝的詩很古雅，令人驚豔。

倉石拿著明信片，留美也重新看了詩文的內容。

凜凜寒冬
紫色雕刻玻璃
映襯白色迷你玫瑰
柔美曼妙
紅蔓空間婀娜展姿
相映成趣

倉石把手伸進西裝內側口袋。

「這是她寄給妹妹的明信片。」

留美瞪大眼睛。倉石拿出的同樣是春枝的繪畫明信片。

連葉摘下
歐洲冬青的
般紅果實
嬌小可愛

留美吐了一口氣。

「她寄給很多人嗎？」

「不知道。」

「這張明信片是什麼時候收到的？」

「郵戳是四個月前。」

倉石說完這句話，轉頭看向後方。有三名便衣刑警嚴肅地從後方跑來。

「調查官——」

轄區警局的刑事課長叫著倉石，他用手按住手機的話筒。

「警務部長的電話。」

留美立刻知道是怎麼回事。這是「前女警」自殺，警務部當然很緊張。

「說我不在。」

「警務部長很生氣，說打你的手機都打不通。」

「太吵，我就關機了。」

倉石轉頭看向個子矮小的老刑警。

「問到了嗎？」

「還很初步，町井春枝的婆婆個性很強，聽說她對媳婦也很凶。」

「口紅呢？」

「婆婆說不是她的，應該是町井的。」

「不好意思，可以打擾一下嗎？」

總部的年輕刑警插嘴問道。

「什麼事？」

「這是田崎刑事部長的電話，他想知道調查官的結論。」

「告訴他——是他殺。」

所有刑警都瞪大眼睛。鑑識人員似乎也都聽到倉石的聲音，紛紛停下手，每個人臉上都寫滿驚訝。

留美忍不住問：

「真的是他殺嗎？」

一名女警質疑綽號『終身驗屍官』的倉石判斷——如果在平時，其他人一定會驚慌失措，但是留美的問題是在場所有辦案人員的心聲。

倉石加強語氣對總部的刑警說：

「趕快告訴部長，然後派一百人去打聽情況。」

5

「不好意思，這麼晚上門叨擾。」

「喔，原來是你啊，有什麼事嗎？」

「也沒什麼特別的事，就是記者的夜訪。」

「原來是這樣，那要進屋坐嗎？內人回東京的家裡了，沒辦法準備茶水。」

「不，在這裡就好。」

「但是站著說話不方便吧？」

「真的不必客氣——那我想請教一下，就是關於一個星期前，那起以廢氣自殺的事。」

「那你弄錯了，刑事部長的官舍在隔壁。」

「不，警務部長，我就是要請教你。」

「怎麼回事？我不清楚事件的狀況。」

「請你不要裝糊塗了，自殺者之前不是L縣警的女警嗎？」

「誰告訴你的？」

「我無法透露消息來源，反正有很多人都在談這件事。」

「你該不會要報導吧？」

「所以說你承認了嗎？」

「我什麼都不知道。」

「好吧，那請看明天的早報，會有町井春枝的相關報導。」

「等一下——她只當過三年的女警，而且十年前就辭職了，如果以前女警的角度切入報導，未免太過分了吧？」

「言之有理，我並不打算報導前女警的自殺事件，但如果是他殺，情況就不同了。」

「誰說是他殺？」

「又要問這個問題嗎？不需要聽別人說，只要觀察一下就知道了。有大批刑警出動。」

「她是自殺，絕對不會錯。我把偵查資料送去總部的刑事局，刑事局回覆說，百分之百是自殺。」

「既然這樣，驗屍官倉石先生為什麼堅稱是他殺？」

「他腦筋有問題，不知道在想什麼。如果你想知道，直接去問他不是就好了嗎？」

「問題是他神龍見首不見尾，倉石先生無論於公於私都很忙。」

「我也完全搞不懂你在想什麼，你到底想從我這個警務部長的嘴裡問出什麼？」

「我想知道的是——這次的偵查規模不亞於他殺，到底是L縣警的決定，還是驗屍官魯莽行事？如果是L縣警的意思，我打算報導這件事。」

「答案不是顯而易見嗎？是驗屍官想要譁眾取寵。雖然大家都說他的驗屍萬無一失，但這次的事顯然是失策，將成為摧毀他資歷的大黑星。我打算近期和總部長討論後，解除他搜查一課驗屍官的職務。」

「這不太妥當吧？」

「為什麼？」

「這是我這一個星期以來，觀察刑事部的情況後的想法。雖然每個人都認為是自殺，但都積極四處打聽，完全沒有怨言，這不是很不可思議嗎？」

「你的意思是，他的人緣很好嗎？」

「這當然也是原因之一，但是這一次的情況並非如此……該怎麼說，我說不清楚，我認為刑事部的人隱約察覺到倉石先生想要做什麼，他們之間有默契，但所有人都很團結。如果在這種時候把倉石先生調走，恐怕會得罪整個刑事部。」

6

現在是午休時間。她走出交通企劃課的辦公室，來到五樓。自從町井春枝的事之後，她每天都來這裡。今天是第十天，她心亂如麻，對倉石既有共鳴，又很排斥，始終無法整理自己的情緒。

她推開搜查一課的門。倉石面色凝重地坐在辦公室深處的驗屍官座位上，嘴角叼著牙籤，正在看一大疊偵查資料。

「打擾了。」

「辛苦了，坐吧。」

倉石的尖下巴指向鐵管椅，留美坐下。這也是這一陣子每天做的事。

留美從肩背包中拿出兩張明信片。

「這是第十八張和第十九張，都是寄給高中時代的同學。」

「給我。」

臘梅傲然挺立

一花未開
山茶花花蕾
終有一朵吐色
樹葉
一呼一吸亮晶晶

琉璃色玻璃花瓶
襯托
色彩柔和藍星花
雲龍柳曲折垂地
花如其名星形花瓣
藍星花悠然點綴
不張揚的優雅
花瓶花朵皆有了生命

「我好像終於理解了。」

倉石聽到她這麼說，轉頭看著她。倉石轉動椅子，身體也轉向她。

「說來聽聽。」

「無論花還是詩中所描寫的季節都是冬天，雖然郵戳是春夏秋冬各不相同，但町井春枝始終只描寫冬天，從她和她丈夫分居之前就是這樣，結婚之後就一直是這樣。」

「所以呢？」

留美輕輕吸氣。

「我認為這代表春枝的心是冬天，這麼多年來，她一直心如寒冬。」

倉石不置可否地點點頭，似乎並不完全同意。

留美對這個結論很有把握。她不是只憑繪畫明信片得出這樣的結論。為數龐大的偵查資料在倉石的辦公桌上堆積如山，這是一百名偵查員每天蒐集回來的「春枝情報」，留美也看了大部分的資料。

她和丈夫之間相敬如冰，和婆婆爭吵不斷。小孩子的教育方式、和左鄰右舍的關係，以及和朋友之間的往來。經常去的店家、經常買的熟食、分居後的生活、在打工地方的風評、對同事吐露的抱怨、兩個孩子很黏婆婆……

春枝辭去女警之後的十年期間的所有生活都在這裡，所有的資料都顯示春枝陷入很深的孤獨。婆家無法接受春枝，春枝無法融入婆家。她無法融入町井家，更無法融入身為妻子和母親的生活。

留美覺得這些繪畫明信片是春枝發出的求救訊號，只不過沒有任何人察覺到這一點，包括留美在內的所有人都沒有察覺。

所以，她必須說出來。今天一定要說出來。

留美挺直身體。

「調查官——」

「什麼事？」

倉石頭也不抬地問。

「偵查要持續到什麼時候？」

倉石的視線終於離開手上的資料。

「直到得出結論為止。」

倉石語氣堅定，不容他人爭辯，但留美並沒有退縮。

「已經有結論了，町井春枝無法忍受孤獨，選擇自殺。調查官，你每天看這些報告，不是比任何人更清楚這件事嗎？」

倉石再次低頭看著資料。

留美感到臉頰發燙，她滔滔不絕地說著。

「我知道，一課的人和鑑識的人都知道，你是為了查明春枝自殺的理由，才說是他殺。當時，警務部長打電話到現場，部長希望你不要把事情鬧大，他擔心別人會知道春枝以前是女警這件事。但是你謊稱是他殺，調度一百名偵查員投入偵查，真的有這個必要嗎？」

留美看著半空。

「我開始有點喘不過氣。」

倉石用眼角看著留美。

「為什麼？」

「我無法繼續忍受把春枝剝光、解剖了。」

「那妳就退出。」

留美並沒有罷休。

「請你告訴我，為什麼要這樣徹底調查春枝？不會再有新的消息了。町井家討厭春枝，把她趕出去，也不讓她看孩子，她真的孤單無依，於是自殺了。」

「那要怎麼說明口紅的事？」

倉石低頭看著資料問。他的話音剛落，右側的傳真室傳來內勤人員的聲音。

「調查官，富田警局要求臨場！」

「什麼案子？」

「長期臥床的老人非自然死亡，似乎有幾個可疑之處。」

倉石咂嘴後站起來。

「告訴他們，我馬上過去。」

留美也慌忙起身。

「調查官，你說的口紅是什麼？是春枝擦的口紅嗎？」

「把車子開到別館後門！小心別被那些記者跟蹤。」

「調查官！」

「吵死了，不要在我耳朵旁邊大叫！」

「請你告訴我口紅的事。」

「很快就會知道，目前已經派人去查了。」

「我搞不懂，到底——」

桌上的電話響起。倉石立刻拿起電話，但只講了幾分鐘。

倉石掛上電話後，眼神中已經沒有前一刻的嚴厲。他看著留美。

「已經查到是誰送她口紅。」

留美沒有馬上理解這句話。

誰送她……所以是禮物？

「是誰？」

「國廣輝久。」

留美說不出話。

他就是十年前三名女警爭風吃醋的對象，那個機動隊的男人——

留美雙手撐在桌上。她感到頭暈。

春枝竟然還和他……

既然這樣……

並不是町井家無法接受春枝，而是春枝根本不想融入町井家。她仍然是落合春枝，因為她始終沒有忘記當年的他……

事件的樣貌在轉眼之間完全變樣，留美的思考還無法接受。

她恍然大悟，看向倉石。倉石正拿起電話，按下電話號碼。那好像是刑事部長的內線號碼。

「關於町井春枝那個案子，我要撤回他殺的意見——沒錯，是自殺——我要趕去富田，等我回來之後會寫悔過書。」

倉石掛上電話後，大步走向門口。

留美注視著他削瘦的背影。

黑星。

這是倉石將近九年的驗屍官生涯中第一顆代表失敗的黑星。留美開始跑，在走廊追上了倉石。

「調查官——」

「什麼事？」

倉石並沒有停下腳步。

「為什麼？你為什麼要為春枝做到這種程度？」

在說出口的瞬間，她忍不住懷疑他們之間的關係。

留美用力搖頭。

「調查官——」

「因為她是我下屬。」

留美停下腳步。

倉石的背影漸漸遠去。

她無法再追上去，也沒有必要了。

十年前，只在鑑識課工作過一個月——倉石語氣堅定地說，春枝是他的「下屬」。

倉石的身影走下樓梯後消失了。

也許世界上的男人並不是只有兩種而已。留美注視著無人的樓梯，茫然地這麼想。

7

「啊，找到了找到了！倉石先生！」

「嗯？原來是你啊，什麼事？」

「好久不見了。咦——小坂小姐也在啊？」

「是，你好嗎？叫我留美。」

「這、這會不會太危險？你們黏得這麼緊。」

「我們今天要抱緊一整晚，調查官，對不對？」

「我對臭女人敬謝不敏。」

「好過分！我根本不臭啊！」

「妳乳臭未乾。」

「哇！你真敢說，我已經三十一歲了。」

「根本就是黃毛丫頭啊，再等五年、十年，有點女人味的時候再說。」

「哇，好開心！」

「呃、呃……倉石先生。」

「什麼事？」
「你是不是瘦了？」
「我從小到大都沒有變過，繼續瘦下去就要進棺材了。」
「咦？坐在裡面的那位，不是一之瀨先生嗎？」
「整天在銀座喝酒，就會想念我們這種鄉下地方。你到底有什麼事？」
「喔，對了對了，我有事想要請教你。」
「我聽不到，你大聲點。」
「好，但這裡的卡拉OK能不能小聲點，根本嚴重違反噪音防制條例。」
「驗屍的日子就要好好瘋一下，更何況這裡又不是記者會來的店，是鑑識人的秘密基地。」
「才不是什麼秘密基地，這家店的名字不是叫『躲貓貓』嗎？所以我來當鬼。」
「不要強詞奪理。」
「對啊！調查官，好好教訓他，好好教訓他！」
「這樣我根本問不出什麼名堂嘛。小坂小姐，妳的眼睛都快閉上，是不是該回家睡覺了？」
「不用你管，妨礙人家戀愛的人才趕快去尿尿睡覺啦！」

「哈哈哈，真傷腦筋。」

「別管這麼多了，先坐下來吧。你想問什麼？」

「有很多問題想請教。首先是今天相驗的屍體，聽說是富田市的一名久病臥床的老人？」

「他的右手右腳可以稍微活動。」

「對，我聽說了，這成為斷定他是自殺的關鍵。但是，他真的有辦法自己完成那麼複雜的事嗎？從被子裡爬出來，把晾衣繩套在自己脖子上，然後把繩子的另一端綁在衣櫥的抽屜把手上，再——」

「把那個抽屜拉出八分，用可以活動的右腳踢向抽屜中央部分，把抽屜關上，繩子就同時被拉緊，脖子被勒緊，窒息死亡——哪裡有疑問？」

「半癱瘓的老人有辦法完成這麼複雜的事嗎？」

「只要有堅定的意志。」

「更何況這種方法真的有辦法自殺嗎？」

「頸動脈只要承受相當於體重百分之五的壓力，血液循環就會停止，這樣就足夠了。」

「嗯，總覺得難以相信。」

「那你認為那個爺爺是怎麼死的？」

「這就是重點啊，你臨場的時候，繩子那些不是都已經收起來了嗎？」

「是啊。」

「是不是家屬收的？」

「他的兒子和媳婦發現之後，解開套在他脖子上的繩子。那個爺爺穿上嶄新的浴衣，躺在被子上。」

「聽說他的兒子、媳婦很缺錢，原本在建設公司上班的兒子被裁員，媳婦因為風濕病，經常要跑醫院。」

「聽說是這樣沒錯。」

「去世的老人保了五百萬圓的壽險，對他的兒子和媳婦來說，不是一大筆錢嗎？」

「是啊。」

「而且他兒子想去沖繩。他的大學學長在做大樓的防水加工工程，希望他去幫忙，但家裡有一個臥病在床的父親，他想去也去不了。」

「是啊。」

「既可以領到保險金，又可以省麻煩，簡直是一石二鳥，你不認為這樣思考更自然嗎？」

「和我的不一樣。」

「喔喔，這個時候說出這句經典台詞啊。但是狀況大有問題啊，而且，老人右手右腳可以活動，可以證明他有能力做到，卻無法證明到底是誰下的手。有能力做到，和實際真的這麼做是兩碼事。」

「的確是這樣。」

「既然這樣，你為什麼認為是自殺。」

「這只是一個無名老人的自殺事件，就算告訴你，也成不了一篇報導。」

「話雖如此，我還是想知道真相，我在現場聽到一些事……」

「什麼事？」

「請你不要生氣。」

「你還沒說，我要怎麼生氣？快說。」

「聽說你一走進老人的房間，只是稍微看了一下老人的脖子和抽屜的把手，就認定是自殺——是這樣嗎？」

「那又怎麼樣？」

「如果是絞殺，卻說成是上吊自殺，會因為脖子上繩索痕跡的角度而被拆穿，但如果在老人躺著的狀況下勒死他，不是有可能無法和使用抽屜自殺的方法加以區別嗎？」

「的確有可能。」

「對不對？如果他的兒子和媳婦一開始就打算偽裝成是使用抽屜自殺，就可以留下很像是用這種方式自殺的勒痕，抽屜的把手上當然也會留下完美的痕跡。重點是，無法只看脖子和抽屜的把手，就判定是自殺還是他殺。不是嗎？既然這樣，為什麼——」

「我不是靠看的，而是用聞的。」

「啊？」

「我一走進房間，就聞了房間的氣味，然後做出判斷。」

「房、房間內有什麼氣味。」

「沒有任何氣味。」

「沒有任何氣味？然後你認定是自殺？」

「對。」

「我搞不懂，這是怎麼回事？」

「說起來很悲哀，老人味是很重的氣味，如果整天躺在床上，氣味就更重，但是，那個房間內沒有任何氣味。」

「啊……」

「完完全全沒有任何氣味，光是換上浴衣，或是稍微打開窗戶，根本不可能讓老人房間內的氣味消散，只有每天保持通風，讓房間曬到太陽，替老人擦乾淨身體，才有可能沒有氣味。」

「……」

「那個爺爺被兒子和媳婦照顧得很好，所以他才會撐起行動不便的身體踢抽屜，他想讓兒子和媳婦去沖繩。」

「……」

「喂，你怎麼了？」

「……」

「你這個沒用的東西，整天為案件落淚，有辦法當記者嗎？」

「啊，是……不好意思。」

「既然知道了，就痛快地喝，痛快地唱。這家店就是要這麼玩。」

「謝謝——啊，小坂小姐真的睡著了，她好像喝了不少。」

「你有聽說町井的事吧？」

「是啊。」

「她們是同期。」
「原來是這樣，那一定很受打擊。」
「對啊。」
「調查官，你也很慘，那成為你的第一個黑星。」
「沒辦法啊，因為那是自殺。」
「但是，大家都說你是故意這麼做……算了，今天就先到此為止，我也可以唱歌嗎？」
「盡情地唱啊。」
「但是……」
「怎麼樣？」
「小坂小姐睡覺的樣子很可愛。」
「你覺得怎麼樣？」
「什麼？」
「雖然乳臭未乾，但是個好女人，你回東京時帶她走。」
「啊，好像還有人對我說過同樣的話……」
「你那是什麼表情？不服氣嗎？」

「不，不是，不是帶回東京這件事……我好像忘了什麼和你有關的重要事情……啊，對了對了，我想起來了。」

「什麼事？」

「你的鄰居要我轉告你，請你按照規定的日子丟垃圾。」

十七年蟬

1

黎明前的國道上沒有什麼車。

高光束的車頭燈撕裂黑暗，永嶋武文動作粗暴地猛催油門。引擎立刻發出和前一刻完全不同的聲音，吼叫起來。霧黑色的重機，騎士沒有戴安全帽。朱美緊貼著自己的後背，雙臂抱著永嶋的腹部。她很膽小，纖細的手臂使勁抱著。

時速超過一百公里。巨大的風壓讓臉頰抖動起來，他繼續猛催油門。視野變窄，口水從嘴角溢出來後，橫向飛出去。他覺得可以和朱美一起去天涯海角，去一個沒有父母、沒有家、沒有學校的地方，也可以去另一個世界或是異次元空間。

油門全開。時速表的指針持續往上爬。一百一十……一百二十……一百三十……一百四十！震動。恐懼。恍惚。手臂、雙腿和大腦都麻木了。

朱美在耳邊大叫著。

我愛你。

她一定這麼說。

腹部上的壓迫感突然消失。朱美放鬆手臂的力量。她想要告訴永嶋。

我不再害怕。即使一起死也沒關係——

2

L縣警刑事部搜查一課。高嶋課長窺視著倉石的眼睛。

「十七年蟬？那是什麼？」

倉石靠在沙發上。

「那是發生在北美的事。每隔十七年，就會出現大量的蟬。借用那些學者的說法，那是牠們為了提升稀釋效應的本能行為。」

「稀釋效應？」

「只要數量增加，被掠食者吃掉的危險性就會降低。」

「掠食者……你是說天敵嗎？」

倉石輕輕點頭。

「蟬的主要天敵是鳥類，但是並沒有那麼多鳥類足以對付龐大數量的十七年蟬，如果配合蟬的這種心血來潮進化，其他十六年就會餓死。」

「原來如此……我現在瞭解十七年蟬的事了，所以呢？你想表達什麼？」

倉石用鼻子冷笑一聲。

「不能告訴我這個課長嗎？」

「你還不知道嗎？」

「我不認為蟬的事可以成為你拒絕異動的理由。你應該知道田崎部長想把你調走。」

「嗯。」

「說句心裡話，我很賞識你的實力，也希望你今年仍然可以留下來當驗屍官，但是你在這個職位的確太久，如果今年春天再不調動，就邁入第十年了。」

「好像是這麼回事。」

高嶋咂嘴。

「你認真聽我說。部長很討厭『終身驗屍官』這個綽號，也很忌諱。這次我沒有立場再讓你繼續留在目前這個位置，希望你能夠明白。我已經和警務部談妥，為你準備了警局局長的職位，這次就不要再拒絕，接受我的提議。」

「不好意思，我無法接受。」

「為什麼？」

「我並不是異想天開或是好玩，才和你說蟬的事。」

「既然這樣，那就說清楚啊。」

倉石起身。

「喂，倉石，等一下——」

倉不不理會他，繼續走向門口。

「倉石！」

倉石轉過頭，瞇起眼睛。

「搜查一課課長什麼時候開始幫人喬人事了？」

「你說什麼？！」

「你的工作不是多偵破一起案子嗎？」

高嶋瞪大眼睛起身。

「你這傢伙！那你倒是給我說清楚啊！是什麼案子？用我聽得懂的方式，從頭給我說清楚，我就幫你去向部長說。說啊！十七年蟬和案子有什麼關係？」

倉石邁開步伐。

「不要這麼生氣。等到夏天時，遲早會知道。」

3

蟬鳴聲從敞開的窗戶傳入。七月最後一個週六，永嶋睡到中午過後，仍然沒有起床。雖然早就醒了，但遲遲不想起身，他躺在套房的鐵管床上，怔怔地注視著被香菸燻黃的天花板。

他知道除了身體，大腦也過勞了。上個月底，突然接到調令，成為了刑事部搜查第一課調查官輔佐——簡單地說，就是為驗屍官當司機的同時，學習驗屍技術的職位。這個調動太唐突，很不可思議。永嶋進入L縣警當巡查十五年，沒有任何專精的「領域」。轄區警局地域課、生活安全課、交通課、刑事課，他曾經在各個部門工作，同事都半開玩笑地說他是「萬金油」、「樣樣通樣樣鬆」。他曾經學過一點鑑識知識，但只有短短兩年而已；調查官輔佐是需要專業技術的職位，照理說，根本不可能找他去，更何況向來都是安排警部級的人接這個職位，為什麼要任用自己這個三十三歲的巡查部長？

他這一陣子的工作太忙，根本無暇思考這個疑問。總部搜查一課驗屍官辦公桌上的電話，每天都會接到好幾通縣下轄區警局打來通報非自然死亡的案例。轄區警局的驗屍小組看到屍體後，只要認為有一絲他殺嫌疑，就會請求驗屍官臨場相驗，L縣警接到這種請求的機率相當高。那位『終身驗屍官』也是原因之一。這位『終身驗屍官』過去的成績發揮了很大的作用。他識破多起轄區警局認為是自殺和生病死亡的案例其實是他殺，還無數次推翻轄區警局認為是他殺的意見，認為「並無刑事犯罪嫌疑」。轄區警局敬畏他的驗屍能力，同時很仰賴他的能力，正因如此，只要死亡案例並非「完全清白」，都會低頭拜託倉石調查官臨場。

因此，擔任驗屍官專用車司機很少有時間坐在縣警總部的辦公桌前，整天必須開車載著倉石東南西北趴趴走。所到之處，都有屍體在等待。刺殺、痛毆致死、溺死、燒死、縊死、輾死、中毒身亡、觸電身亡，將會看到各式各樣「慘死」的屍體。最可怕的是屍臭，這種味道會沾在衣服上，還會沾到皮膚。他很希望可以在驗屍時，在鼻子下方擦曼秀雷敦軟膏，但倉石不同意。他說屍臭也是線索。這件事對永嶋影響甚大，他食慾不振，體重降了三公斤。「你去吃點肉，找個女人上床。」昨天晚上，倉石露出賊笑，這麼對永嶋說。這是永嶋在倉石手下工作後第一次休假。

永嶋下了床。

門鈴響了。現在這個時間，八成是早瀨綾子。綾子週末有時候會上門來幫他做午餐。他們之間還沒有建立深入的關係，綾子似乎很在意比永嶋大兩歲這件事。「你工作很辛苦，所以要好好吃飯。」她每次都以此作為登門的理由，她假裝扮演姊姊的角色，而非強調是永嶋的戀愛對象。

但是，今天她的態度有點不一樣。

永嶋邊穿上Polo衫，邊打開門，綾子揚起嘴角，笑容僵硬。她的臉頰通紅，雙手都拎著裝得滿滿的超市袋子。從綾子的樣子來看，顯然今天除了午餐，她還打算做晚餐。

「會不會打擾？」

綾子每次都這麼問，然後瞇眼看向套房深處。他們從來沒有深入聊過彼此的異性關係，但綾子可能敏感地感受到他身上有「女人的影子」。

「你瘦了嗎？」

「嗯，瘦了點。」

「是不是都沒有好好吃飯？」

綾子脫下高跟鞋時說道。

「你還沒吃午餐吧？」

「對，什麼都沒吃，因為我才剛起床。」

「那我馬上幫你做，吃中式涼麵好不好？」

「不好意思，每次都麻煩妳。」

「幹嘛這樣！」

綾子笑著瞪了永嶋一眼。

「你不用說這些話，反正我喜歡做這些。」

永嶋在和室椅上坐下，注視著她站在小瓦斯爐前的背影，心情自然放鬆下來。她很迷人，自己喜歡她。他很確定這件事。

他們在兩年前相識。綾子的輕型汽車發生自撞車禍，他協助綾子處理。車子撞毀道路標識的桿子，左前方嚴重毀損，幸好綾子並沒有受傷。他安撫了驚魂未定的綾子，打電話通知保險公司，安排拖吊車。當時他在轄區警局的車禍股工作，所以協助處理這些事，兩個人並沒有聊什麼留下特別印象的話。今年三月，他們在交通安全協會主辦的宣傳遊行時巧遇，在慶功聚餐時，他們坐在一起。綾子在縣內的大銀行L銀行工作，被派來義務支援遊行。她喝酒之後很健談，「別看我現在這樣，我二十多歲時是很吃香的櫃檯存匯人員，現在只能在後方協助。我們的工作有點像女主播。」當時，他們得知彼此都是單身。

永嶋認為三十五歲的綾子很迷人。交往之後，發現了她中規中矩又不失可愛的內心，從她含糊其詞的談話中，不難發現她曾經因男人受到很大的傷害。不久之後，永嶋內心萌生了一絲想婚的念頭。如果這個女人不行，自己這輩子恐怕都不可能結婚了。永嶋開始對綾子產生這樣的想法。

「不知道合不合你的胃口。」

綾子歡快地說著，端來放著中式涼麵的盤子。

永嶋雖然沒有食慾，但呼嚕呼嚕大聲開始吃。

「嗯，好吃。」

「真的嗎？」

「中式涼麵不是有很多種口味嗎？這是我喜歡的味道。」

「太好了。」

綾子也拿起筷子，但是還沒有把涼麵送進嘴裡就先說道：

「你最近好像很忙。」

永嶋抬起頭，看到綾子一雙試探的眼睛。

他立刻知道是怎麼一回事。這一個月來，永嶋整天忙著到處看屍體，從來沒有休息，綾子一定來過公寓好幾次。每次發現他不在家，都只能嘆氣。可能因此覺得他們之間的關係走到了終點，所以今天一打開門時，她露出僵硬的笑容。她帶了這麼多食材上門，一定打算一旦見面，就要留下來做晚餐。一定是這樣。綾子剛才漲紅臉，一定是基於這種決心或者說是心理準備，她還化了淡妝。

永嶋內心湧現愛意，他看向超市的購物袋問：

「妳今天要幫我做晚餐嗎？」

綾子的眼珠子轉動著。

「可以嗎？」

「什麼？」

「我可以留到晚上嗎？」

「可以啊。」

綾子很興奮。

「真的嗎？」

「真的啊。」

「那如果弄到很晚，今晚就乾脆留在你家過夜。」

「好啊。」

「你不要隨口說說，我會當真。」

「那就當真啊。」

「但是我可不想撞見其他女人。」

哪有這種女人——

永嶋原本想輕鬆地回答，但他的臉頰抽搐起來。他慌忙想要掩飾，但連他自己都知道，反而讓表情變得更嚴肅了。

綾子洗完盤子後，就說要回家了。永嶋挽留她，但她堅持要走。「改天再來找你。」她的長相原本就略帶幾分滄桑，因此硬擠出來的笑容殘像格外令人不捨。

流理台前的地上還放著超市袋子，袋子已然歪斜傾倒，胡蘿蔔和馬鈴薯滾到地上，不知道原本綾子打算要做咖哩，還是奶油燉菜。

永嶋倒在床上，仰躺著注視著天花板。

他還沒有完全放下。雖然已經是十七年前的事了……

無視歲月流逝的痛楚和熾熱仍然留在胸口。

他很自然地用手摸著腹部周圍。

還在那裡。朱美手臂的溫度依然還在。

夏天。十六歲。家庭和學校都爛透了。他們找不到自己的容身之處，於是騎著偷來的機車四處流浪，朱美總是緊貼在他背後。只要衝破黑暗往前騎，就可以抵達另一個世界。當時真心這麼以為。

什麼都不必害怕。只要在一起，即使死了也無所謂。

永嶋也有同樣的想法。兩個人產生共鳴，相互融合，同化為一體。

他深深愛著朱美。

朱美的睫毛長得出奇，一雙大眼睛總是水汪汪的。臉頰上有一顆小小的痣，笑的時候有酒窩，就看不到那顆痣。永嶋覺得很有趣，於是經常耍寶逗朱美笑。在他們交往第三個月，朱美滿十六歲的那一天，他們上了床。兩個人都是第一次。那天之後，他們就再也離不開彼此。他們形影不離，每天都貪戀著彼此的身體。

朱美會周期性地陷入情緒低落，家裡的事讓她很苦惱。「我是私生女。」她曾經小聲這麼說，然後在永嶋的胸前哭了一整夜。她的親生母親灌輸給她這三個民法的條文都已經刪除的可怕文字。朱美的母親很年輕，在郊區開了一家茶泡飯的餐廳，和朱美完全不像，五官看起來很勢利。雖然從未向朱美透露過親生父親的名字，但每次喝醉酒，就會發洩遭到拋棄的怨恨。「那個男人身上沒有一滴血」、「他整天威脅我，逼我去墮胎。聰明的男人在關鍵時刻都冷酷無情。」朱美經常說她不想回家。他們曾經在遊樂場待到天亮，也曾經睡在別人的貨車車斗上。他們拚命溫暖對方冰冷的身體，他們翻來覆去，讓全身都完全貼合在一起。

只要有朱美，就別無所求，不要父母，不要家，不要學校，什麼都可以不要。他認為他們有朝一日會在一起，然後永遠不分開。他對這樣的未來沒有絲毫的懷疑。但是——

朱美死了。

那些禽獸奪走她的生命。

永嶋走出公寓。

他開著車，漫無目的地行駛在街頭。

週六午後，鬧區街頭到處都是年輕男女。幾個男人坐在路旁的護欄上，不知道是否在物色對象。棕色、銀色和紅色的頭髮……

永嶋在嘴裡嘀咕。

「我要……把你們統統殺個精光……」

4

下午五點多，太陽仍然高掛在天上，如雨的蟬聲更增加悶熱的感覺。

劍崎中央警局的搜查股長福園盛人站在仲井川公園門口，看他的表情，似乎正在等人。這裡是劍崎市內最大的市民公園，公園深處的運動廣場發現了被槍殺的男性屍體，死者是某工業高中三年級的學生。一群縣警總部重案股的刑警和機動搜查隊的人跑過福園身旁。命案的偵查工作向來由縣警總部主導，轄區警局的搜查股長有一種被侵門踏戶的感覺。

福園好幾次伸長肥短的脖子，注意觀察停車場的方向。五分鐘後，他等的人出現了。一個瘦得像竹竿的身影鑽過一整排警用車迎面走來。

福園精神抖擻地舉手向他打招呼。

「這裡這裡！校長，辛苦了！」

倉石板著臉走來，發出咂嘴的聲音。

「阿福啊，可以別再叫我校長了嗎？」

「現在很難改口，校長就是校長啊。」

倉石再次咂著嘴。

「小鬼的身分查到了嗎？」

倉石劈頭問了這個問題，福園慌忙拿出記事本。

「大崎勝也，十八歲，L工業高中三年級學生，但幾乎沒有去學校上課，那傢伙不是什麼好東西，他把從藥頭那裡買來的安非他命和甲苯轉賣給學弟。」

「沒想到這麼快就查到了。」

「他是出了名的不良分子。」

「這個壞胚子為什麼會跑來市民公園？」

「來玩車吧。公園禁止機車入內，所以他反而故意騎進來，大概覺得這樣好玩，也可能覺得週六會有很多人注意到吧。」

「他一個人嗎？」

「對，遭到槍殺時只有他一個人，好像在等朋友。」

「有目擊證人嗎？」

「目前還沒有發現。」

「不是有很多民眾嗎？」

「這座公園非常大，差不多有十個棒球場那麼大，而且案發現場是在公園最深處的運動廣場，大崎坐在角落的長椅上抽菸時被槍殺——」
「先不必談死者的事，等我看了之後再說。」
倉石走在公園的散步道上。福園也跟在身後。
「校長，今天只有你一個人嗎？」
「對啊。」
「那個叫永嶋的呢？」
「休假。」
「你沒有叫他一起來嗎？」
「我剛才用手機聯絡他了，很快就會趕過來。」
「校長，再怎麼樣，也沒有理由找他吧。」
福園逮到機會提起這件事。這些話他已經憋了一個月。
「你為什麼要找那種像萬金油一樣的人當輔佐？他對偵查或是鑑識根本是大外行。」
「是啊。」
「而且還只是區區巡查部長，根本不夠格當實習驗屍官，為什麼不找我去呢？」
「你不也只是個副警部嗎？」

「至少比巡查部長略勝一籌啊，而且副警部至少比較撐得住場面。」

「這不是靠撐場面做的工作。」

倉石走下噴水池的階梯，福園仍然沒有輕言放棄。

「但是為什麼偏偏要選永嶋？他不是所謂的『悔改組』嗎？」

曾經是不良分子，後來當上警察的人稱為「悔改組」。

倉石嗤之以鼻。

「無論是悔改組還是高考組，警察就是警察。」

「雖然是這樣……不是啦，我偶然聽到有人說，永嶋十六歲時，曾經因為『凶器準備集合罪』被移送家事法院。雖說是悔改組，沒想到竟然能夠當上警察，大家都感到很奇怪。」

倉石學校的所有「學生」都對永嶋成為倉石輔佐一事感到不滿。

「你有聽說家事法院的結果嗎？」

「不，那倒沒聽說。」

「家事法院裁定不予審理，這不就沒問題了嗎？」

「但凶器準備集合罪不是很危險嗎？他到底做了什麼？」

「我怎麼知道？」

「校長！你不要裝糊塗，你怎麼可能不知道？」

「這代表當時派出所的巡警很照顧他，你不要像女人一樣胡亂猜測。」

兩名刑警神色緊張地超越他們。現場沒有凶器的槍殺屍體，百分之九十九是他殺，驗屍官最大的工作就是判定自殺還是他殺，因此並不需要急著趕去現場。

福園偷瞄著倉石的側臉。他還是難以理解，倉石不可能心血來潮，找一個不同領域的人來當自己的下屬。倉石不惜影響工作效率，安排永嶋在自己的手下工作，其中一定有某種理由，只是他完全猜不透。

現場拉起雙重封鎖線。一名高中生在大白天遭到槍殺，媒體記者蜂擁而至，有很多圍觀者。大部分都是來公園玩樂的民眾，因此有手上拿著羽毛球拍的情侶，也有牽著狗散步的老人。

倉石和福園跨過第二道封鎖線，一群偵查人員在封鎖線內忙碌不已。那個區域用藍色塑膠布圍成帳篷狀，槍殺現場是鐵網圍籬前的長椅。

倉石走過去，人牆就像摩西分開紅海一樣自動退向左右兩側。不，只有一個人沒有讓開，站在原地凝視著倉石。

他是搜查一課的刑事立原真澄。他和倉石同期，今年五十四歲，是總部的「刑警老大」，但這一兩年因為不明原因的暈眩，走路也不太方便，導致他幾乎處於停職休息的狀態。

福園放慢腳步。倉石和立原是搜查一課的雙雄，雖然彼此認同對方的能力，但只要他們一碰面，氣氛必定劍拔弩張。

「倉石，我聽課長說了，你似乎有什麼陰謀。」

「你不要勉強根本不存在的大腦思考，小心又要頭暈目眩，昏倒在地了。」

「哼，你真敢說啊——你先好好相驗，如果是自殺或是生病死亡，記得告訴我。」

立原語帶諷刺說完，掀起塑膠布的一角。

一頭金髮像刺蝟一樣豎起的年輕男人跪倒在木製長椅前。死者大崎勝也一身牛仔襯衫和牛仔褲的輕鬆打扮，脖子後方頸骨左側有一個發黑的射入孔。一公尺外有一輛改裝機車。由於子彈並沒有留在大崎體內，而是貫穿他的頸部，因此周圍有許多鑑識人員幾乎趴在地面上慢慢移動。

「不好意思，我來晚了。」

聽到聲音轉頭一看，永嶋滿臉通紅，上氣不接下氣地跑過來。福園把頭轉到一旁。雖然是第一次見面，但內心的嫉妒和嫌惡讓他不願意向永嶋自我介紹。

倉石揚起嘴角笑了笑。

「有沒有抱女人？」

「沒有……」

「這裡不需要你，你回到封鎖線外，觀察那些圍觀的人。」

「啊？」

永嶋眨著眼睛。

「你去四處走動，觀察那些圍觀的人，如果有熟面孔，記得告訴我。」

「知、知道了……」

永嶋困惑地離開。

福園忍不住歪著頭。圍觀的人？如果是藉由犯罪行為引發人們或社會的恐慌，以此為樂的愉快犯，的確可能會留在現場，但是為什麼要永嶋找「熟面孔」？難道這起事件和永嶋有什麼關係嗎？還是只是嫌他礙事，用這個理由打發他？還是知道他工作能力差，避免他影響驗屍工作，所以——

「阿福，開始嘍。」

「是！」

福園忍不住爽快應了一聲。至少倉石認為自己是派得上用場的下屬。

他們一起走進槍殺現場。倉石走過屍體旁，掀起最深處的塑膠布，看到了鐵網。鐵網外是寬度四公尺左右的馬路，馬路後方是仲井川。

「從和長椅之間的位置研判，凶手可能是從馬路隔著鐵網槍殺大崎。」

福園自信滿滿地說。長椅和鐵網之間只有不到兩公尺的距離，那裡的雜草不到膝蓋的位置。如果撥開這些雜草繞到大崎身後，絕對會引起大崎的注意，甚至可能會引起戒心。最重要的是，如果在鐵網內開槍，凶手就必須拿著槍穿越巨大的公園，才能從公園出口離開。

「考慮到逃離時的問題，不可能在公園內開槍。」

福園再次補充說明，倉石微微點點頭，用自己的步伐測量長椅之間的距離。

「大約二點二公尺……」

倉石小聲嘀咕著，單膝跪在屍體旁。福田跟著單膝跪在他旁邊。

福田探頭看向屍體頸部，喉結右上方有破裂狀的射出口。出血量不多，血液已經凝固。

倉石從皮包中拿出尺，放在屍體的頸部、腳和後背測量，也測量長椅的高度。他測量了一會兒後，緩緩站起來。

「子彈幾乎以水平的方向射入，根據大崎的座高、射入孔和長椅的高度計算，射入的高度在離地九十公分的位置。雖然必須考慮到凶手的身高，但差不多是腰部的位置。」

「原來如此，那凶手是把槍貼著腰部的位置開槍嗎？」
「你真是沒有長進。」
「啊？」
「即使是職業殺手，仍很難在鐵網外貼著腰部，瞄準腦袋或是脖子，八成是在車上，搖下車窗開槍。雙手拿著槍，瞄準目標。」
「原來是這樣！車子座椅的位置比站著的時候更低，窗框可以固定手肘。」
「不要貿然下結論，不能排除凶手站在馬路上，雙手拿槍的可能性。」
「為什麼？」
「因為大崎可能以前傾的姿勢坐在長椅上，如果是這樣，由上方往下開槍，射入方向也會保持水平。」
福園想了一下後，看著倉石說：
「但我還是覺得從車上開槍的可能性比較高，更何況還必須考慮到會被人看到的問題。」
「是啊。」
倉石看著正趴在地上進行鑑識作業的人員。
「如果是站著開槍，以角度來說，子彈應該會落在大崎面前。既然目前還沒有找到子彈，就意味著是從車窗水平射擊。」

福園拍了一下手。

「校長，如果是在車上，進口車的可能性比較高吧？如果方向盤在左側，就可以貼近鐵網。」

「或是把車子掉頭，以及坐在國產車的副駕駛座上開槍，都會有這樣的現場。」

「但如果是進口車，就很合理了。進口車和手槍，兇手應該是職業殺手。」

「可以認為是不缺錢的人，現在一般人要買把槍太簡單了，因為所有黑道都缺現金收入。」

「但是，買賣安非他命或是甲苯的糾紛引發殺機，這種可能性不是更自然嗎？」

「他只是個小鬼，嚇唬一下就搞定了。」

「也沒錯啦。」

「這不是鎖定目標行凶殺人，只是開車隨便找一個目標。這個現場符合這種感覺。」

福園有一種奇妙的感覺。他覺得倉石的意見很牽強。倉石似乎認定是「普通人」的「隨機犯案」，他的話中充滿推測和誘導。倉石向來討厭預判，第一次聽到他說出「符合這種感覺」這句話。

福園聽到腳步聲。當他回過神時，永嶋已經走到倉石身旁。
「有沒有熟面孔？」
「不……沒有。」
「是嗎？辛苦了。」
「調查官，」永嶋一臉認真，眼神中透露出內心的不信任。「我不懂，為什麼你認為看熱鬧的人中有我認識的人？」
「我可沒說是你認識的人。」
「那是什麼意思？」
倉石沒有回答，和剛才一樣，單膝跪在屍體旁，用手指勾開大崎襯衫的口袋，看向口袋內。口袋裡只有香菸和打火機。倉石又開始摸大崎牛仔褲的口袋。機車鑰匙、皮夾，還有拆下錶帶的圓形手錶……
福園微微低著頭，輪流看向倉石和永嶋。氣氛很不妙。永嶋的疑問也是福園的疑問。他完全不知道倉石心裡在想什麼。
這時，倉石做出意想不到的行為。他從皮包裡拿出開口器和筆燈，打開大崎的嘴，用筆燈照向大崎的喉嚨深處，仔細地觀察。
「校長。」

福園忍不住叫道，但倉石沒有回答。

倉石拿出開口器時，立原指導官走過來說：

「嗨，有沒有發現蟬？」

倉石抬眼看著立原說：

「好像沒有。」

「當然啊，十七年蟬根本是你的妄想。」

十七年蟬——

福園聽到立原說的這幾個字，倒吸一口氣。他之前曾經聽過。對了，那是幾年前，倉石喝得爛醉如泥時說的話。

〈十七年蟬是殺人蟬。偃旗息鼓十六年，第十七年就捲土重來。阿福，你可別放過。〉

福園的鼓膜捕捉到什麼，轉頭一看。

原來是永嶋的呼吸聲。

他面如土色，嘴唇微微顫抖。

福園憑直覺知道。

十七年蟬。是這幾個字讓永嶋的呼吸這麼急促——

5

悶熱的夜晚。

永嶋將近半夜十二點才回到公寓。他打開空調開關，沒有換衣服，就直接倒在床上。

離開仲井川公園後，又去了位在縣內北部和西部的兩個現場。兩起案件都是自殺。西部的現場深深烙在他的眼中。二十三歲的粉領族只穿著內衣褲，在浴缸內割腕……割腕的那隻手沉入浴缸內，看起來就像是粉領族潔白的身體泡在血池中。現場沒有發現遺書，也沒有發現猶豫傷，因此轄區警局請求臨場。倉石根據更衣室內衣服的折疊方式，和衣櫃內的衣服折疊方式相同，斷定是自殺。他注視著粉領族左手腕上唯一那道又直又深的割痕說：「她對這個世界完全沒有任何眷戀。」

朱美也一樣嗎？

永嶋趴在床上，把臉頰和鼻子用力壓在枕頭上。他的腦袋一片混亂。今天一如既往，看了好幾具屍體。在仲井川公園時，倉石向他下達奇怪的指示──「熟面孔」？那是怎麼回事？接著是立原指導官說的「十七年蟬」。在高中生的命案現場，他們為什麼會聊這些?

〈武文,你知道十七年蟬嗎?〉

朱美曾經告訴他關於十七年蟬的事。

〈聽說很厲害,會在泥土中等待十六年,到第十七年,終於變成蟬飛出來。你不覺得很厲害嗎?牠們在泥土中的時間和我們活著的時間相同。我沒辦法,泥土中一定很暗,很可怕,無法呼吸,我會受不了。啊,真慶幸我是人,而且又認識了你。對不對?〉

朱美的壽命比十七年蟬更短暫。

她是如何走過如此虛幻無常的人生?她的人生可以說是曾經在藍天下飛翔嗎?永嶋總覺得她就像一直埋在泥土中,從來不曾張開翅膀。

只要閉上眼睛,就會看到朱美。

黑暗中出現的總是她那張可愛的笑臉。她的臉上有酒窩,看不到她的痣。

她的笑容也被那些禽獸帶走了。

中學時代的同學打電話找她出去。「我交了女朋友,請妳陪我去買送給她的禮物。」她被這種聽起來很合理的謊言欺騙,坐上男同學的機車後車座。對方帶她去聚集了很多不良分子的公寓,她遭到輪姦。八個男人輪流騎在她身上。那天剛好是朱美的生理期，那些禽獸樂壞了，說即使射再多在裡面，她也不會懷孕。

兩天後，永嶋得知了這件事。因為朱美哭著對他說，無法再和他見面，他硬逼著朱美說出真相。對不起。朱美一次又一次對他說這句話。永嶋抓起木刀，闖入那些男人聚集的地方，沒有說一句話，也沒有眨眼，就揮下木刀。揮了一次又一次，一次又一次，一次又一次。他聽不到那些人的慘叫和哀求，但聽到無數次骨頭被打斷的聲音。他不顧一切地揮著木刀，直到所有人都動彈不得，像破抹布一樣倒在地上。

他拎著被鮮血染紅的木刀走在路上，被巡警攔下來。幾天之後，巡警才知道永嶋做了什麼，但是並沒有控告永嶋犯下傷害罪。因為那幾個男人對巡警堅稱，這只是朋友之間打架。一旦說出被永嶋攻擊，這些人輪姦朱美的事就會曝光，於是他們忍下來。這些禽獸卑鄙無恥到了極點。

那天之後，他就一直守在朱美身旁。每天都用機車送她回家，他覺得朱美太可憐了。雖然很想和她上床，但忍不住猶豫。他很擔心朱美認為那不是基於愛情，而是性慾，和那些禽獸的行為沒什麼兩樣。

一個月後，朱美看起來漸漸恢復開朗。那一天，朱美說想自己搭公車回家。

〈我真的沒事啦，偶爾也想搭一下公車，我買了月票，卻根本沒在用。〉

永嶋信以為真。在安心的同時，也感到解脫。因為他和朱美相處時，他一直小心翼翼，所以身心都很疲憊。

朱美露出笑容。

〈武文——拜拜。〉

〈嗯，明天見。〉

但是，並沒有「明天」。

半夜接到了朱美母親的電話。她在電話中尖叫。

《你對朱美做了什麼！》

朱美在浴缸內割腕。她的母親發現時，已經來不及了。

他騎著機車趕去朱美家，沒有脫鞋子就衝進去。在走廊上，被一個帽子拉得很低的鑑識人員攔住了。他不顧一切地抵抗，被那個人雙手推到門外，所以，他沒有看到現場，應該和今天那個粉領族一樣，朱美躺在被自己的鮮血染紅的浴缸內……

朱美躺在棺材內，看起來像睡著了。臉頰上的痣出現了。他很想逗朱美笑，很希望那顆痣藏進酒窩裡。

〈你對朱美做了什麼？〉

朱美母親的尖叫聲，一直留在他耳邊。

因為他什麼都沒做，朱美才會選擇死亡。永嶋始終這麼認為。遭到輪姦後一個月，他完全沒有和朱美上床。他覺得渴求朱美的身體對她太殘酷，他不希望朱美認為他和那些禽獸一樣。但是，真的只是這樣嗎？

被玷污的身體……

自己真的完全沒有這種想法嗎？從來沒有用這種視線看朱美嗎？為什麼這麼輕易坐上別人的機車？他內心深處很想責備朱美，所以才什麼都沒做，沒有和朱美上床。朱美在等待，她什麼都沒說，等了一個月，注視著永嶋的心。

然後——

〈武文——拜拜。〉

永嶋用手背擦著眼淚。

他走出公寓，坐上了車。

鬧市五彩繽紛的霓虹燈刺痛他的眼。在這個悶熱的夜晚，到處都看到一群群衣衫不整的禽獸在歡鬧。

6

搜查一課的高嶋課長抬起雙眼，看到倉石那張毫無生機的臉出現在眼前。

「喂，你氣色怎麼這麼差？立原也說，這次該輪到倉石去住院了。」

「你不是找我嗎？有話快說。」

「你先坐下——我讓立原去查過了，終於知道你說的十七年蟬的意思。」

「喔？知道了什麼？」

「三十四年前，鈑金工人非自然死亡事件，十七年前，專門學校學生遭到毆打致死的事件，然後是昨天發生的高中生槍殺事件。你想要把這三起事件串聯在一起，對不對？」

倉石在沙發上坐下。

「你說得太簡單了。」

「我不顧部長的反對，讓你繼續留在這裡，老實說，我對你很失望。」

「那你倒是說說你或者是立原的意見。」

「這三起事件的確有共同點，死者都是未成年，也都一眼就可以看出是不良分子。這兩點是共同點，反過來說，除了這兩點以外，並沒有其他共同點。」

「不要忘了，三起事件都沒有偵破。」

「不要說得這麼籠統，三十四年前的鈑金工人的非自然死亡並非他殺，是吃安眠藥過量導致中毒身亡。」

「當時的驗屍官這麼認為，但不能排除被燒死的可能性。」

「整棟公寓都燒毀，屍體的確燒焦，但我曾經看過當時的紀錄，鈑金工人是死後因為火災被燒焦了，這是不可改變的事實。」

「我記得起火原因不明。」

「你倒是說說你堅稱是燒死的理由。」

「屍體是典型的肌肉發達型身材，皮膚上有水泡和發紅現象，這不是活活被燒死的證據嗎？」

高嶋大笑。

「哈哈哈！這太不像你的作風了。你別忘了，我也當過四年驗屍官——你聽好了，鈑金工人的氣管內沒有煤灰，但是胃部有大量安眠藥。這意味著他死後不久，火災就發生了。他的皮膚組織還是活的，才會出現水泡和發紅這些活體反應，這不是很合理的驗屍結果嗎？你到底對哪裡不滿？」

倉石抱著手臂說：

「那要怎麼解釋塞在喉嚨裡的蟬殼呢？」

「對，就是這一點。這是你的妄想唯一根據。你是不是說，那是凶手為了誇示自己犯案，塞到死者的喉嚨裡？」

「你回答我的問題。」

「我不知道。雖然當時調查很久，仍然不得而知。可能是某種咒術之類的吧，不是有些地方會用蟬殼來煎藥嗎？」

「那是一整隻啊。」

「亞洲的某些地方不是會食用嗎？」

「在準備走上黃泉路時吃蟬嗎？」

「我已經說了，是跟死後世界有關的咒術，或是吃了安眠藥後，神智不清吞下去的。」

「那是死者死了之後塞進喉嚨的。只要塞進喉嚨，即使屍體被燒，也會留下來。凶手很確實地留下訊息。」

高嶋重重地吐氣。

「那又怎麼樣？這是三十四年前，過了兩次追訴時效還有找。」

「十七年的周期簡直太完美。十五年就過了追訴時效，即使堅持到最後的條子都已解散了，案件就這麼被淡忘，沒有人再會提起。也就是說，會吃掉蟬的掠食者已經不存在了，於是就利用這個空白，再犯下一個案子。」

「不要穿鑿附會，無論再怎麼勉強都無法把這三起案子連在一起。遭到毆打致死的專科學校學生的喉嚨裡被塞了蟬嗎？這次的高中生呢？不是都沒有嗎？就算鈑金工人真的被人殺害，那是三十四年前的事了。如果凶手當年只有二十歲，今年已經五十四歲。不可能相隔這麼久再犯罪，如果真的這麼想，根本沒辦法做偵查工作。」

倉石目露凶光。

「你真的是一課課長嗎？」

「你說什麼？」

「如果我們放棄思考，那該由誰思考？」

高嶋用力收起下巴。

「你的喉嚨被蟬卡住了嗎？」

「……廢話少說，說重點。」

「我並沒有說這三起案子是同一人所為，而是認為有模仿的可能性。正如你所說，這三起案子的共同點，就是被害人都是十惡不赦的不良分子。痛恨這些人渣的人，想要殺了他們的人，這是凶手的共同點，也是首要條件。」

「這只是機率很低的想像，每個被害人有各自的情況，因為個人恩怨遭到殺害的可能性大多了。而且你不要忘記，鈑金工人的案子並不是他殺。」

「是你自己記性不好。屍體喉嚨被塞了蟬殼的事我印象很深刻，當時的報紙大肆報導，說是費解之謎，之後還一直有人談論這件事。即使是自殺，也可能成為『被模仿案件』的鼻祖。」

高嶋微微向後仰。

「有可能？喂，我在和誰說話？既然自稱為終身驗屍官，就要拿出證據，或是討論有根有據的事。」

倉石面不改色。

「有人將喉嚨裡的蟬和十七年蟬這兩件事結合在一起，於是發生第二起案子，十七年前的專科學校學生命案。」

「那個人是誰？」

「就是想要幹掉這些人渣，同時對十七年蟬有強烈興趣的人，凶手同時具備這兩個條件。」

「這次高中生命案的凶手也是嗎？」

「八成是這樣。」

高嶋在嘆氣的同時，靠在沙發上。

「看來你也老糊塗了。對十七年蟬有強烈興趣的人？比方說你嗎？」

「的確。」

「你為什麼對十七年蟬有強烈興趣？」

「因為我從巡警口中聽說了這件事。」

「巡警？」

「在我手下做事的永嶋曾經年少輕狂，那名巡警很照顧永嶋，讓他洗心革面，最後當上了警察。據說幾年之後，永嶋曾經和他聊起十七年蟬的事。」

「永嶋和他聊十七年蟬的事？」

「沒錯。」

高嶋的後背離開沙發。

「你、你該不會……你懷疑永嶋嗎？」

「你知道永嶋當時做了什麼嗎？」

「我聽說過大致的情況。」

「他用木刀把八個人打得半死不活，一個月後，發生專科學校生被毆打致死的案件。」

倉石起身。

「喂，等一下。」

「立原人在哪裡？」

「立原怎麼了？這不重要——」

「我問你他在哪裡？」

「在仲井川公園的現場。」

「叫他回來，我有事要找他。」

「別亂來，他是現場指揮官，而且他不可能理會你說的話。」

倉石發出嘎吱聲響，轉了身。

「你告訴他——我們是掠食者。既然蟬進化了，我們也只能進化，然後把蟬吃掉。」

7

一個星期後——

永嶋坐在黑色轎車的後車座。這是刑事指導官的專用車，立原抱著雙臂，坐在他身旁。

到底要帶自己去哪裡？

「指揮官。」

「嗯？」

「你們在懷疑我嗎？」

「……」

「之前檢查了我的手槍。」

「並不是只有你而已，而是清查所有職員的手槍。雖然司法解剖得知是三八口徑，但至今仍然沒有找到子彈。」

「還問我大崎被殺時我的不在場證明。」

「聽說你當時開著車在路上閒逛？」

「對，那是真的，請相信我。」

「到了，下車吧。」

沒想到眼前是縣內一家高級飯店的門口。

永嶋步履維艱地走進飯店的旋轉門。鞋底可以感受到柔軟的地毯、調暗的燈光，以及隱約傳入耳中的鋼琴旋律……

「這裡。」

他跟著立原走上樓梯，來到婚宴會場前。

「你拿著這個進去裡面。」

立原拿出裝著巨大閃光燈的單眼相機遞給永嶋。

「已經和主人談妥了，你假扮成宴會的攝影師，觀察每一個賓客的臉，如果有熟面孔就告訴我，懂嗎？」

「我不懂。」

永嶋好不容易擠出這句話。他快崩潰了。「熟面孔」——在仲井川公園的現場時，倉石也說過這三個字。原來是在考驗自己。他們認為自己在槍殺案上有所隱瞞，想用這種方式逼出真相——

「趕快進去，不然婚禮快結束了。」

「到底是誰的婚禮？」

直立的看板上寫著「北田　安池府喜宴」。永嶋不認識這兩個姓氏的人。

「是誰的婚禮不重要，不要先入為主，要仔細確認賓客的臉。」

立原把他推進會場。會場很寬敞，天花板很高，桌數很驚人，的確很有花燭之喜的氣氛。

永嶋戰戰兢兢地走進會場。

參加婚宴的人都談笑風生，沒有人注意永嶋。

他的慌亂漸漸平靜下來。趕快搞定這件事。永嶋這麼想著。無論命令再怎麼不合理，身為警察，就有義務忍受。反正不會看到任何熟面孔。轉一圈之後，出去報告「沒有」就完成了。

他假裝拍照，在圓桌之間走來走去。親戚桌……朋友桌……主賓桌……新郎新娘……果然沒有認識的人。永嶋正打算轉身離開，但他停下腳步，他的視線也停在那裡。他的視線看向媒人的座位。

那是一名五十多歲，風度翩翩的紳士。

永嶋注視著他的臉幾秒鐘。

自己並不認識對方，從來沒見過他。但是——

永嶋突然有一種懷念的感覺。

他不知道自己為什麼會有這種感覺。他轉身背對著男人，邁開步伐。走了幾步之後，雙腿開始發抖。他轉過頭，舉起相機，把男人的臉放在取景框內，然後把鏡頭拉近。

他按下快門。

來到走廊上，立原一臉嚴肅地等在那裡。他可能從永嶋的臉上看到「成果」，急忙問他：

「是不是有熟面孔？」

「……」

「是不是媒人？」

「不知道……但是……」

雖然並不是很像，但他的確有這種想法，他產生了聯想。

朱美的父親——

腦中混亂的思緒脫口而出。

「到底那個男人……這場婚禮……和我……」

「這個會場內的所有人都很瞭解十七年蟬。」

立原向永嶋聲明他是現學現賣後，繼續說道：

「新郎是L大理學系的講師，新娘是理學系的研究生，媒人是他們的教授，專攻動物行為學。你聽得懂嗎？」

立原，不，是倉石洞悉了一切。

永嶋現在同樣看清了一切。他從朱美口中得知十七年蟬的事。他並沒有問，朱美為什麼會對十七年蟬產生興趣。十七年蟬的來源是朱美的父親，她的父親在蜜月期告訴她的母親，她的母親又告訴她。

聰明的男人——她的母親這麼說。朱美和她母親長得一點都不像，很可能比較像她的父親。倉石一定這麼想像。

「那個人——朱美的父親是十七年蟬的凶手嗎？」

「目前還不知道，但是十七年前那個專科學校的學生很可能是他打死的。」

「十七年前的……為什麼這麼說？」

「那個時候，他女兒被一群不良分子害死了。」

永嶋一時聽不懂立原在說什麼。

隨後永嶋用力搖頭。

「他應該不知道，他對朱美一無所知，公寓的事也……他沒有理由痛恨不良分子。」

「也可能是你啊。」

「啊？」

「她父親痛恨的對象可能是你。你整天和她在一起，經常騎機車送她回家，她父親可能曾經看過你。」

永嶋瞪大眼睛。

「他想要向我報仇，而專科生成了替死鬼……」

「你當時一看就知道是不良分子，不是嗎？」

一個尖叫聲立刻刺進他的鼓膜。

〈你對朱美做了什麼？〉

「不可能！」

永嶋齜牙咧嘴地大叫著。

朱美的父親是冷酷無情的人，當她的母親懷孕時，他執拗地威脅她的母親，要求她母親墮胎。

「他不可能愛朱美，絕對不可能有這種事！」

立原沒有點頭。

「倉石說——那不是愛，而是本能。雖然不希望她母親把她生下來，但是看到自己的親生女兒死了，就開始痛恨害死她的不良分子。」

「為什麼……」

「不良分子斷絕了他的子代，十七年蟬不是因為稀釋效應才會出現嗎？為了留下子孫，才會大量出現。學者可能在腦袋裡把蟬和女兒的死連結在一起。」

永嶋垂下頭，很久都無法再抬起來。

厚實的雲籠罩他的腦袋，他不知道真相，不可能明白學者的想法，但是他清楚知道一件事。

「……所以我只是用來確認調查的工具。倉石調查官把我調來當他的手下，就是為了這個目的，只是為了這個目的……」

「他很可能會做這種事。」

立原毫不猶豫地回答，但停頓了一下又接著說：

「但是，我覺得不只是這樣而已。我前一段時間生病，在醫院碰到醫生時，他好幾次在我面前提到倉石，說要我轉告他，馬上去醫院看診。」

8

隔天早上，劍崎中央警局又請求臨場。有嬰兒非自然死亡，轄區警局無法判斷脖子上的紅線是繩索的痕跡，還是皺褶——

路上很多車子。永嶋握著方向盤，倉石坐在後車座。車內的空氣很沉重。

「調查官，」永嶋看著後視鏡說，「可以請教你一件事嗎？」

「什麼事？」

「朱美的父親是這次槍殺事件的凶手嗎？」

「這是刑警的工作。」

「十七年前的專科學校學生呢？雖然已經過了追訴時效。」

「法律的情況和警察的情況不同，查明真相有益無害。」

永嶋停頓一下，再次開口。

「你不去醫院嗎？」

「啊？」

「聽說醫生一直要求你就醫。」

「你少管閒事，開車看前面。」

「我想再請教一件事。」

「什麼事？」

「調查官為什麼對我的事有興趣？」

倉石沒有回答。

果然是這樣。果然只是把自己視為調查工具。

原本差一點喜歡倉石，差一點喜歡這個冷若冰霜，不討好任何人，對職務很嚴謹的孤高男人。

「請你告訴我。」

「……」

「你向巡警打聽過我以前的事嗎？」

「放手吧。」

「啊？」

「不是女人抓著你不放，而是你不放手。」

永嶋愣在那裡。

「死人也有自由，你該放手讓她離開了。」

永嶋的胸口一陣發熱。

現場近在眼前，鑑識人員正聚集在深藍色廂型車周圍，把鑑識器材搬下來。

車子一停下，倉石就打開車門下車。永嶋慌忙追上去。

「調查官——你還沒有回答我。」

「什麼？」

「為什麼把我調來？」

「……」

「請你告訴我，拜託了。」

倉石沒有回答，但是——

倉石搶走和他擦身而過的鑑識人員的帽子，戴在自己的頭上，把帽子拉得很低。

永嶋愣在原地。

——怎麼可能？

那天的鑑識人員就是倉石。

當十六歲的永嶋衝去朱美家時，那個雙手把他推出去的鑑識人員就是倉石。

倉石看過朱美的屍體，也看過永嶋為了朱美的死放聲大哭……

他的視野模糊。

瘦得像竹竿的身影在模糊的視野中漸漸遠去。

他想起立原的話。

〈再怎麼說，他未免太瘦了。這次的事，他變得很情緒化。自己的身體自己最清楚，他可能知道來日不多了。〉

竹竿和肥胖的身體會合了。

「校長，你這一陣子成為我們警局的常客了。」

「福饅頭，別烏鴉嘴。」

永嶋輕輕一笑，擦擦眼淚後，邁開步伐。

〈放手吧。〉

永嶋的眼前先浮現了可愛的酒窩，然後是早瀨綾子站在那裡，手上拎著裝滿食材的超市袋子的身影。

春日文庫 ハルヒブンコ
136

臨場
臨場

臨場/橫山秀夫作；王蘊潔譯. -- 初版. -- 臺北市：春天出版國際文化有限公司, 2023.11
面；　公分. -- (春日文庫；136)
譯自：臨場
ISBN 978-957-741-744-2(平裝)

861.57　　112013907

ISBN 978-957-741-744-2
Printed in Taiwan

作　　者　橫山秀夫
譯　　者　王蘊潔
總 編 輯　莊宜勳
主　　編　鍾靈

出 版 者　春天出版國際文化有限公司
地　　址　台北市大安區忠孝東路4段303號4樓之1
電　　話　02-7733-4070
傳　　眞　02-7733-4069
E－mail　bookspring@bookspring.com.tw
網　　址　http://www.bookspring.com.tw
部 落 格　http://blog.pixnet.net/bookspring
郵政帳號　19705538
戶　　名　春天出版國際文化有限公司
法律顧問　蕭顯忠律師事務所
出版日期　二〇二三年十一月初版

定　　價　430元

總 經 銷　楨德圖書事業有限公司
地　　址　新北市新店區中興路二段196號8樓
電　　話　02-8919-3186
傳　　眞　02-8914-5524
香港總代理　一代匯集
地　　址　九龍旺角塘尾道64號 龍駒企業大廈10 B&D室
電　　話　852-2783-8102
傳　　眞　852-2396-0050